지리산에는 사람꽃이 핀다

—농사꾼 김종관의 포토에세이

지리산에는 사람꽃이 핀다
-농사꾼 김종관의 포토에세이

초판 1쇄 펴낸 날 / 2014년 1월 17일

지은이 • 김종관 | 펴낸이 • 임형욱 | 책임편집 • 임형욱 | 디자인 • AM | 영업 • 이다윗
펴낸곳 • 행복한책읽기 | 주소 • 서울시 중구 필동3가 15 문화빌딩 403호
전화 • 02-2277-9216,7 | 팩스 • 02-2277-8283 | E-mail • happysf@naver.com
CTP출력 • 동양인쇄주식회사 | 인쇄 제본 • 동양인쇄주식회사 | 배본처 • 뱅크북
등록 • 2001년 2월 5일 제2-3258호 | ISBN 978-89-89571-82-7 03810 값 • 18,000원

ⓒ 2014 행복한책읽기
Printed in Korea

지리산에는 사람꽃이 핀다

—농사꾼 김종관의 포토에세이

김종관 글 · 사진

행복한책읽기

꽃과 사람향기 가득한
하동으로 오세요

내 고향은 하동입니다. 하동은 내가 나고 자랐고 지금도 생활하고 있는 곳입니다.

어디 갈 데가 없어서 마지못해 고향에 눌러앉은 것이 아니라, 대도시에서 직장 생활도 하다가 고향인 하동이 좋아서, 좋아도 너무 좋아서 일찌감치 내 고향 하동으로 다시 돌아왔습니다.

나는 농사꾼입니다. 내 고향 화개동천에서 7대째 농사를 짓는 농부의 아들이자, 3대째 녹차 농사를 짓고 있는, 나 자신이 농부입니다.

나는 '심은 대로 거둔다'는 정직한 진리를 믿는 농사꾼입니다. 씨 뿌리지 않은 곳에서 열매를 거두려고 욕심 부리지 않습니다. 나는 정직한 땀의 대가를 믿습니다.

나는 전문적인 사진작가가 아닙니다. 그래도 내 고향 하동의 풍경이, 하동 사람들이 너무 좋아서 농사짓는 틈틈이 내 고향의 풍물을 사진으로 담았습니다.

나는 정식 등단한 시인이나 작가가 아닙니다. 그래도 지리산의 꽃들과 풀들, 그리고 물결과 바람이 내 속에서 감흥을 일으킬 때면 그 느낌들을 글로 적어보았습니다.

제대로 된 시가 아니고, 수필이 아니면 어떻습니까? 내 고향 하동의 아름다움을 기록할 수 있고 노래할 수 있다면 저는 만족합니다.

제 글과 사진에서 조금의 꽃향기, 약간의 사람냄새라도 맡을 수 있다면 저는 그것으로 행복합니다.

그 동안 내 고향 하동에서 보고 듣고 느끼고 생각한 것들을 모아, 농사꾼의 솔직한 삶의 모습과 생각이 담긴 책 한 권으로 묶어 보았습니다. 『지리산에는 사람꽃이 핀다』는 제가 직접 농사를 짓고 녹차를 만드는 틈틈이 찍은 사진과, 써왔던 글들을 모아 처음으로 묶어낸 포토에세이집입니다.

제1부 〈내 고향 화개동천〉은 지리산의 사계(四季)를 담은 사진에다 짧은 시적인 글들을 엮어, 사진으로 보는 지리산의 풍경을 담았습니다. 제2부 〈지리산에는 사람꽃이 핀다〉에서는 조금 더 호흡이 긴

단상(短想)들을 중심으로 사진들을 조화시켜 보았습니다.

　제3부 〈가족은 나의 힘〉은 힘들 때마다 나의 힘과 희망이 되어주는 가족 이야기, 특히 나의 첫 사랑이자 영원한 사랑인 아내와의 이야기를 중심으로 묶었습니다. 제4부 〈녹차 하나에 목숨을 걸다〉는 사업 실패로 부도가 나고 자살 직전까지 내몰렸던 위기의 상황과, 녹차 하나에 목숨을 걸고 결국 녹차사업으로 성공하고 재기하기까지의 이야기를 담았습니다.

　제5부 〈눈물은 꽃잎 되어 섬진강을 흐른다〉는 딸 수아에게 보내는 편지 형식을 빌어 가족들에 대한 고마움과 미안한 마음을 솔직하게 담아 보았습니다. 제6부 〈기적은 공짜로 오지 않는다〉는 나의 롤모델인 충무공 이순신 장군에 대한 단상을 시작으로, 농촌 현실과 여러 현안들에 대해 느낀 생각들과 제 소망들을 정리해보았습니다.

　저는 사회적으로 크게 성공한 사람도, 크게 내세울만한 이력이 있는 사람도 아닙니다. 하지만 사업에 실패도 해봤고, 위기에 몰려 죽음도 생각해보았지만 하늘이 제게 주신 기회를 놓치지 않고 다시 도전하여 마침내 성공을 이루었습니다.

　비록 작은 성공을 이룬 이야기이긴 하지만 이를 통해 누군가에게는 희망이 되고 힘이 되었으면 하는 바램이 있습니다. 그리고 아무리 힘든 시기일지라도, 사랑하는 가족들을 생각하고 희망과 용기를 잃지 말라는 응원도 보내드리고 싶은 마음에 이렇게 책으로까지 출판하게 되었습니다.

이 책이 나오기까지 제 글을 읽고 좋은 의견을 준 사랑하는 딸 수아, 사진들을 정리하고 고르는 데 힘을 보탠 든든한 아들 바울에게 고마운 마음을 전합니다. 빠듯한 시간에도 불구하고 원고를 다듬고 사진을 고르고, 책을 예쁘게 펴내느라 고생을 아끼지 않은 행복한책읽기의 임형욱 대표와 직원들께도 감사드립니다.

그리고 가장 큰 감사는 저로 인해 고통 받으면서도 끝까지 저를 믿어주고 위로하여 주었던 사랑하는 아내의 몫입니다.

힘들 때나 좋을 때나 한결같이 저를 응원하고 도와주었던 친지들과 지인들께 이 책을 바칩니다. 이 책은 저 개인의 이야기가 아니라 그분들의 이야기, 그분들의 책이기도 합니다.

이 작은 포토에세이집이 내 고향 하동을 널리 알리는 데 조금이라도 보탬이 되기를 소망하며, 오늘도 저는 지리산 산골짝에서 사람 꽃한 송이를 피워 봅니다.

2014년 새해에 농사꾼 김종관

차례

제3부: 가족은 나의 힘
- 첫사랑은 영원한 사랑이 되고…

제4부: 녹차 하나에 목숨을 걸다
- 지리산 농사꾼의 녹차 이야기

제1부
내 고향 화개동천
— 지리산의 사계(四季)

장독대 거미줄엔 온 세상이 걸리고…

아침 햇살 부서지는 우리 집 돌담 뒤 장독 속에 거미줄이 얼기설기 걸렸다.

대롱대롱 매달린 이슬방울은 옛사람을 그리워라도 하는지

알알이 맺힌 작은 방울 구슬들을 보면 그리움처럼 반짝이는 별빛들 가득하다.

장독대 거미줄 하나에 또 하나의 은하계가 걸린 듯하다.

자칫 거미줄에 현혹되어 빠져나오지 못하는 우리네 인생이지만

때론 거미줄처럼 얽힌 훈훈한 인연의 고리되어 산중에서 오순도순 수양하며 살고파라.

별 헤는 밤 홍화꽃은 말없이 피네

달님이 기우는 밤,

나는 반짝이는 별 하나 별 둘 세어보면서

흔들리지 않는 꽃이 되기 위하여 이슬을 머금고 밤을 지샌다.

오늘도 산모퉁이 홀로 앉아 아득한 옛날을 그리워하며

정처 없이 떠돌고 싶은 마음 간절한데

내 친구 홍화는 말없이 외롭게 피고 있다.

봄은 생강나무 꽃잎 위에 가장 먼저 내린다

산꽃 중에 제일 먼저 피는 꽃, 생강나무꽃.

얼마 전 꽃망울이 맺혔더니 어느새 벌써 만개하였다.

아구사리꽃이라 불리기도 하는 생강나무꽃.

생강나무에 꽃이 피면 더 이상 고로쇠물도 나지 않는다 하는데

어느새 봄은 이만큼 성큼 우리 곁에 다가와 서 있구나.

봄의 전령 매화나무 열매

이 물방울들 속에 작은 세상들이 걸려 있다

금낭화

자명종 소리와 금낭화

착각 착각 자명종 소리에 잠에서 깨어난다.

새벽이 밝아오는 것을 어찌 알고 수꿩은 꿩꿩 울어대고

봉창 문을 열어보니 지리산 맑은 기운이 밀물처럼 밀려온다.

아무리 예쁜 명품도 언젠가는 운명을 다한다며 고개 숙이고

자욱한 안개만 새벽하늘을 가린다.

세월은 화살에 매여 쏜살같이 날아가고

우리 집 앞마당 복사꽃 아래 하얀 금낭화는 피고 지는데

그리운 벗은 말없이 떠나고,

연초록 세상만 내 가슴 속에 남는구나.

세상 모든 풀잎은 하나의 거울이다

우리는 가끔 볼품없는 잡초 하나에도 울고 웃곤 한다.

어떤 때는 풀잎 한 포기에도 감탄을 하거나 미소 짓기도 하고, 또 어떤 때는 눈물을 흘리거나 한숨짓기도 한다. '그깟 잡초 하나 때문에 울고 웃을 일이 무엔가' 애써 외면하기도 하고.

세상에 노래하게 하는 잡초, 기쁨을 주는 잡초, 눈물 짓게 하는 잡초가 어디 따로 있으랴.

어쩌면 그 풀잎은 단지 내 마음을 비추는 거울인 것을.

오늘도 문득 나는 풀잎 한 포기 물끄러미 바라보며

내 마음 속을 가만히 들여다본다.

산머루 익어가듯 추억도 익어가리라

산머루.

그것은 어쩌면 우리 선조들의 숨결이며 삶이었으리.

청정지역 흙에서 자라 자연으로 가는 산머루.

사시사철 옷을 갈아입는 산야의 풍경 속에서도 늘 변함이 없다.

시시각각 변하는 지리산 화개동천 맑은 계곡물 위에

오늘도 묵묵히 산새들의 양식이 되어주는 아름다운 열매 천사.

우리 땅 그 어떤 생명보다도 우리 조상들의 이야기 친구가 되어주었던 산머루.

너무 정다운 이름이다.

산 그림자 다가오고 산머루 익어가고 있다.

그 옛날 어릴 적, 한 소쿠리 따가지고 뒷동산에서 바꿈 놀이하던 옛 친구.

그 친구도 지금쯤 어디선가 산머루를 보며 나처럼 옛 추억 떠올리며 미소 짓고 있으리.

산머루

아주까리꽃에서 배우는 작은 지혜

붉고 붉은 피마자. 농촌에서는 일명 아주까리로 부르기도 한다.

나는 종종 식물을 보면서 새로운 삶의 지혜를 얻는다.

식물에는 오직 꽃을 감상하기 위한 종류가 있는가 하면,

꽃과 잎을 동시에 바라보며 즐기는 종류도 있고, 잎만 보고도 즐거운 식물이 있다.

그러나 더 중요한 것은 꽃이나 잎보다도 열매가 더 아름다운 종류도 많다는 것.

우리는 종종 겉치레로 상대방의 환심을 사기 위해 꼼수를 부리며 유혹하는 겉모양새를 중시하지만, 겉모양새로만 사람을 판단하고 결정지어선 안 된다.

아름답고 화려한 겉모양새에 홀려 차별하고 집착하다보면 결국은 큰 낭패를 보기 십상이다.

아름다움은 그 자체로 가치 있지만 때론 그 아름다움이 번뇌를 일으키는 걸림돌이 되기도 한다.

겉보다는 마음이 깨끗하고 따뜻한 사람, 화려한 겉보다는 속이 꽉 찬 사람이 더 아름답고 곱다는 것을 오늘 나는 아주까리꽃을 보면서 배운다.

아주까리꽃

새끼 고라니와 놀아준 우리 집 사냥개

집밖에서 갑작스레 이상한 소리가 나서 나가보았다.

우리 집 사냥개인 사냥이가 고라니 새끼 한 마리와 장난치며 놀고 있는 게 아닌가.

사냥개들의 특성은 대개 다른 짐승을 잡으면 물어 죽이는 게 상식이다.

그런데 이놈은 어찌된 것인지 죽이지 않고 고라니 새끼를 콩밭에 주저앉혀 놓고 보초를 서면서 장난을 치고 있었다.

내가 "사냥아, 아가를 괴롭히면 안 되니 조금만 데리고 놀다 보내주렴" 했는데, 한 10분쯤 후에 나가니 정말 고라니를 살려 보내주고 우리 집 사냥이만 혼자 집으로 왔다.

새끼 고라니

어찌나 고마운지 "사냥아 잘했다" 머리를 쓰다듬어 주었다.

말 못하는 동물도 이렇게 주인 말을 알아듣고 순종하면 주인의 마음이 기쁜데, 국민의 머슴들도 주인인 국민들을 기쁘게 해주면 얼마나 좋을까.

참빗살나무열매

자연은 인간을 속이지 않는다

인간은 자연을 속여도 자연은 인간을 속이지 않는 법.

우주의 진리와 자연의 법칙에 따라 순응하며

모진 풍파와 고난 속에서도 변함없이

지리산 산중에도 가을은 오고 있다.

예쁜 꽃만 꽃이 아니다

가을 햇살이 부서지듯 새벽이슬 먹고 피어나는 고마리.

지긋지긋 잡초와 전쟁하며 뽑고 또 뽑아도 얄미운 천덕꾸러기.

그래도 이름 하나 너무 예쁜 들꽃, 고마리꽃.

흔한 잡초로 취급받는 고마리는 오염된 물을 정화시켜주는 큰일을

한다.

도랑이나 개울 시궁창에 피기에 사람들은 관심조차 없지만 자세히

보면 너무나도 예쁜 꽃이다.

　관심 없는 꽃이라고 발로 짓밟고 천대할 것이 아니다.

　우리가 잡초라고 여겼던 질경이, 고들빼기, 민들레, 까마중, 달맞이

꽃, 쇠비름, 환삼덩굴 등 산과 들에서 흔히 보는 풀과 꽃들에게서 우리

가 몰랐던 놀라운 약효, 신기한 기능들이 하나둘씩 재발견되고 있다.

　우리 땅 우리 들의 어느 잡초 하나 귀하지 않은 것이 없다.

　잘 보존하고 보호하여 후손들에게 물려주어야 한다.

　예쁜 꽃만 꽃이 아니다.

고마리꽃

가을이 오는 소리

　가을이 오는 소리가 들린다. 한밤중과 새벽이면 머리맡 봉창 문 틈 새로 비집고 밀려오는 바람도 그렇고, 여치 소리는 구슬프다 못해 애절하기까지 하다. 가을이 깊어갈수록 말라가는 풀벌레 소리는 풀잎 이슬을 타고 깊고 깊은 산중에 쉼 없이 밤새도록 울려 퍼진다.

　따사로운 햇빛 따라 날아다니는 고추잠자리, 가을이 왔음을 신고하며 바람 따라 날개짓 한다. 어느덧 살 속까지 파고드는 가을바람은 내 마음을 시원하게 해준다.

　새벽안개 머금고 화개동천을 날아다니는 물안개 선녀들은 사람들이 볼까 두려워 물기둥 타고 하늘로 올라가고, 단풍잎 한 잎 두 잎 차곡차곡 쌓이는 소리에 가을이 오는 소리가 들린다.

　가을을 향해 세상을 향해 열린 봉창 문처럼 우리도 마음 문을 열고
가을이 오는 소리에 가만 귀기울여보면 영글어가는 녹차 씨앗처럼
따스한 가을의 숨결을 느낄 수 있으리라.

단풍

른다.

　무엇

락에

　가

남겨

　오

큼 다

있다.

　말

슴도

　단

도 7

　그

가득

더울

단풍나무 아래에서

단풍잎 마지막 잎새 되어
비단길 놓아두며 겨울을 맞이하고
더불어 살아가는 아름다운 마음을
나는 닮고 싶다.
우리 집 단풍나무아래에서…

씨앗 속에는 또 하나의 세상이 잠잔다

　가을 이파리 말라가면 영근 씨앗들은 땅에 떨어져 또 다른 세상을 만들어주고, 내년 봄 새로운 싹으로 돋아나기 위해 침묵 속 긴긴 세월 속으로 고이 잠든다.

　아침이슬 깨고 나면 지는 잎사귀는 내년 봄 흔들리지 않는 꽃으로 다시 피기 위하여 미련두지 않고 떨어지고, 어김없이 찾아오는 세월 앞에 나는 고개 숙인다.

　여름이란 단어는 가라고 떠밀지도 않았는데 벌써 흔적조차 찾을 수 없고, 계절의 오묘한 자연의 법칙 앞에 나는 오늘도 무너진다.

치자씨앗

내 고향 하동 앞바다, 전어 떼가 돌아올 때

계절은 시간이 되면 반드시 찾아온다.

내 고향 하동 땅 노량 앞바다에 가을이 오면 "집나간 며느리도 다시 돌아온다"는 전어 떼가 돌아온다.

섬진강 물과 남해 바다 물이 합쳐지는 천혜의 자연 하동 노량 앞바다. 한국 최고의 맛, 남도 최고의 멋을 자랑하는 곳이다.

순수자연 청정구역 하동 땅 노량 바다에서 먹는 전어 맛은 한번 맛보면 죽어서도 잊을 수 없다.

내 만약 나이 들어 죽더라도 하동 앞바다에 전어 떼가 돌아올 때면 나는 꿈길을 걸어서라도 내 고향 하동으로 다시 돌아오리라.

내 고향 하동 앞바다에 전어 떼가 퍼덕이는 날에는 창조주에게 떼를 써서라도 내 고향 땅을 다시 찾으리라.

선유동계곡 하트바위

가을은 그렇게 혼자서 간다

우리 집 뜨락에 오색 단풍잎 지면 가을은 차가운 겨울에 떠밀려 꿈처럼 사라져간다. 단풍잎 지면 내 나이 들어가는 것 왜 몰랐을까?

'어차피 떠날 거라면 가을엔 떠나지 말아요. 낙엽 지면 설움이 더해요.' 가을에는 헤어짐, 그 아팠던 일도 잔잔한 웃음으로 남아주기를….

떨어지는 비단잎 바라보면서 허전해지는 것은 나도 나이가 들어가는 탓이리라. 하루가 가고 어두운 하늘 끝으로 나뭇잎은 낙엽 되어 나무와의 인연을 끊게 되고, 아무도 찾는 이 없는 무서리 내린 우리 집 마당을 홀로 구르며 가을은 혼자서 간다. 해는 서산에 기울고 많은 세월이 낙엽처럼 떨어져 가버린다 해도 난 기다릴 것이다.

세월이 덧없이 흐르다 보면 슬픔도 잊혀져가고, 단풍잎 뒹구는 소리도 영혼의 맑은 음률 소리로 들리는 날이 언젠가는 오겠지.

동행이 없을 때 산은 더 아름답다

화개동천 골짜기에 한 계절 끝나가고 있다.

붉게 물든 삼홍(三紅)은 조만간 빛을 잃고 앙상한 가지만 남기고
떠날 것이다.

잃어버린 것은 돌아오지 않는다.

돌이킬 수 없는 시간들 희미해져가는 모습이 안타까운 밤

물과 빛, 자연이 빚어놓은 흔적 영원히 지워지지 않는 추억을 기억
하는 바위들….

한 고비 한 구비 넘을 때마다 하늘 아래 나뭇잎 구르는 소리,
바람에 숨 고르며 느리게, 그리고 간혹 빠르게 뒹굴고 있다.

사라진 것들 옆으로 돌아오는 자연의 오묘한 진리.
그 사이로 길은 흐른다.
길의 운명이란 그런 것이다.
동행이 없을수록 산은 더 아름답게 느껴지는 법이다.

마지막 잎사귀 앞에서 내 인생은 유죄

나무 끝에 매달린 마지막 잎사귀 하나.

초겨울에 접어들었다는 흔적이다.

이름 없이 대지 위에 뒹굴며 밟히는 낙엽은 우리 인생을 자극한다.

초봄 연두색 색상으로 태어나 한여름 무더위에 열심히 자랐다가, 원숙한 아름다움을 맞이한 늦가을, 이제는 마지막 잎사귀 되어 떨어져 생을 마감하는 것은 인생을 닮았다.

단풍잎 꽃비가 되어 하나 둘 떨어진다. 아직도 남아 있는 저 마지막 잎사귀는 모진 비바람과 눈보라를 다 이겨내며 지금의 저 자리에 달려 있다. 저 마지막 잎사귀는 무명용사의 묘비에 걸려있는 훈장 같다.

늦가을의 마지막 붉은 숨결 같은 낙엽은 제가 지닌 마지막 빛을 토해낸다. 불을 뿜는 듯한 선명한 색깔은 연못에 투영되어 한 폭의 수채화가 따로 없을 정도다.

나뭇가지 하나가 아궁이 속에서 한 줌의 재로 변할 때까지 열기를 쏟아내듯, 늦가을은 그렇게 마지막 정열을 담아 가장 깊은 색을 담아낸다.

마지막 생을 불태운 나뭇잎은 대지 위에 비단을 깔아 겨울을 맞이한다. 나뭇잎이 떨어져 나간 앙상한 나뭇가지는 결코 추하지 않다. 자연에 순응하는 그들만의 법칙이 단지 엄격할 뿐이다.

우리 인생은, 내 삶은 어떠했는가? 서로 싸움하며 원칙을 떠나 살아가는 모습이 자연 앞에 부끄럽지 않은가?

마지막 잎사귀를 바라보며 지나온 세월을 되돌아본다. 진리의 원칙 속에서 치열하게 싸우며 살지 못했다. 비겁하게 내 자리가 아닌 곳에서 서성거리며 많은 시간을 의미 없이 낭비했다.

마지막 잎사귀를 들여다보며 아아, 나는 스스로를 단죄한다.

마지막 잎사귀 앞에 내 인생은 유죄다.

첫눈 내리는 밤

첫눈 내리는 밤은 깊고 긴 겨울의 시작을 알리듯 내 마음을 설레게 한다. 눈 내리는 밤을 이렇게 좋아하니 속세의 세상은 아무것도 생각하기 싫다. 눈이 모든 것을 덮고 모든 것을 가리우듯 그냥 이대로 모든 시간이 멈춰 버렸으면 싶다.

인생은 눈처럼 한번은 녹아서 어차피 없어지는 것….

첫눈 맞으며 뒹구는 낙엽처럼 잠들지 못하는 기억들 속에 보고 싶은 옛 사람을 생각하니 나뭇가지에 첫눈 내리듯 내 가슴도 눈물이 먼저 젖는다. 세월이 가면 미움도 눈 녹듯 녹아 그리움으로 쌓이고, 아

프고 힘든 기억들도 아름다운 추억으로 남는 법.

첫눈을 맞으며 아름다운 사람들을 생각한다.

오늘 첫눈을 맞으며 되돌아보니 그대를 만나 내 인생은 꿈과 같았습니다. 그대도 첫눈처럼 나의 모든 허물들을 덮고 아름다운 추억만 기억하소서. 지금 내리는 첫눈처럼 그대 젊은 날 가슴에 품었던 처음 사랑을 회복하소서. 인생이란 눈처럼 차갑고 냉정한 것이지만, 그 눈들이 훗날 봄 되면 피어날 새싹들을 품에 키우듯 그대도 사람들의 가슴 속에 사랑으로 기억되소서.

눈 내리는 숲은 어둡고 길지만, 내게는 그 길을 함께할 사랑하는 사람들이 있어 행복하다. 첫눈 내리는 밤.

변함없는 햇살에 행복한 이 아침

지리산 저 줄기 내 집 앞 저 연봉(連峰)들의 이름을 다 알지 못한들 어떠리.

그 이름을 다 알지 못해도 지리산은 변함없이 아름답고 봉우리들은 여전히 장엄하거늘.

해가 뜨고 지면 계절이 바뀌고 시간이 흐르면 다시 오지 않는 게 청춘이라 했던가.

저 산 저 계곡 아래 떨어진 나뭇잎도 한때는 사람들에게 사랑받던 잎사귀였으리.

이제는 퇴색하여 아름다웠던 추억만 아쉬움으로 남았구나.

매일 만나고 매일 헤어지는 그대가 새삼 신기하고 마냥 고맙고 사무치게 예뻐 보이는 오늘.

나는 오늘 하루도 즐겁고 아름답게 살아가리라 다짐 또 다짐한다.

변함없는 아침 햇살을 오늘도 내 눈으로 볼 수 있어 행복한 이 아침.

칠불사 부도탑은 침묵으로 말한다

바람 따라 구름 따라 나서는 길
발길 끊긴 산사는 이리도 적막한데
가을이 저물어가는 자리에 저리도 외롭게
쓸쓸함을 만들어내고 있을까.

한때는 사람들의 손길 눈길로
사랑받았을 부도였으리.
한 알 한 알 움직이는 여승의 염주소리
구슬프게 마음을 적시는구나.

누구의 부도인지 알 길 없고
흐르는 세월만이 진실을 알고 있으리.
외롭고 힘들어도 가야 할 세상이 있기에
오늘도 묵묵히 겨울을 맞이하는 걸까.

추위와 눈보라 맞아가며 살과 뼈가 녹아가도
침묵의 거친 숨만 내쉬는 너.
흔들리고 아프고 외로운 것도 살아 있음의 특권일진대
죽어서 침묵으로 말하는 너와

살아서 아파하는 나의 만남도
보통 인연은 아니었으리.

지리산 화개동천 칠불사 부도탑이여.

겨울나무가 들려주는 말

겨울나무는
서로 품어줌으로써 한겨울을 이겨낸다.

어리석고 탐욕스러운 구석이라고는
그 어디에도 찾아볼 수 없다.
의연한 수행자와도 같은 모습이다.

비어서 아름다운 겨울나무.
그 겨울나무들 사이로
석양빛의 겨울하늘이 웃고 있다.

봄이 오면 어김없이 푸른 잎으로
새로운 생명을 탄생시킬 겨울나무.

그 강인한 겨울나무에서
나는 오늘도 고통을 배우고,
인내를 배운다.

내 고향 화개동천

　그림 같은 초가삼간 집을 짓고 내 고향 화개동천에서 살고 싶다. 못 살아도 좋고 가진 것 없어도 부끄럽지 않다. 마음 편히 살 수 있는 정든 내 고향 화개동천.

　홀어머니 모시고 가족들과 오순도순 자연을 벗 삼고 친구 삼아, 마음 하나 비우면 되는 즐거운 인생. 비 와도 지붕 있어 물 안 새고, 문

풍지 흔들바람 막아주고, 군불 때면 따뜻한 방 한 칸 있으면 재벌도 부럽지 않고 권력도 두렵지 않아 행복하게 살 수 있는 곳, 내 고향.

　산머루 열매 따서 막걸리 안주 삼아 마음껏 마셔가며, 건들바람 찬 이슬 먹고 낙엽 떨어지는 운율소리 풀벌레소리 들려오면, 새벽녘 넘 실 둥실 춤추듯 부서지는 가을 햇살 따라 올라가는 안개 선녀들과 북 채 하나 움켜쥐고 얼씨구 덩더꿍 춤사위 풀어놓으며, 모든 근심 모든 걱정 다 잊어버리고 내 고향 화개동천에서 그렇게 살고 싶어라.

화개동천

제2부
지리산에는 사람꽃이 핀다
― 지리산 단상(短想)

하동포구 팔십 리에 꽃이 피면

내 고향은 하동이다. 하동에 살면 '하동포구 팔십 리' 라는 말은 누구나 한 번쯤은 다 들어보게 된다. 그런데 정작 어디서 어디까지가 하동포구 팔십 리인지, 그리고 포구가 뭘 하는 곳인지 아는 사람은 별로 없다.

포구(浦口)는 바닷물이나 강물이 드나드는 개(浦) 중에서 배가 입출항하는 어귀를 말하며, 강이나 냇가 또는 좁은 바닷가에 배가 접안할 수 있도록 만들어진 시설을 나루라고 하는데, 한자로는 도(渡), 진(津) 등으로 표시하기도 한다.
나루보다 규모가 큰 바닷가나 큰 강어귀의 접목시설을 포(浦)라고 부르며, 포보다 규모가 더 큰 것은 항(港)으로 부른다.

그래서 하동포구 팔십 리 뱃길이 시작되는 지점은 임진왜란 때 이순신 장군이 왜군을 격파하고 "나의 죽음을 알리지 말라" 며 부고대산 승전고의 북소리를 울리게 했던 노량해전의 함성이 들려오는 하동의 노량포구다. 노량포구에서 시작해 섬진강을 거슬러 올라 야생녹차의 시배지이자 장돌뱅이들이 머무는 화개장터까지 이어지는 뱃길이 모두 팔십 리(32km)이기 때문에 사람들은 이 뱃길을 '하동포구 팔십 리 뱃길' 이라 불렀다.

　화개장터는 섬진강 수문이 문을 열고, 영남과 호남이 함께 어우러
지며, 전라남도 순천 전라북도 남원 경상남도 함양 산청 진주에서 나
는 특산물과 약초의 집산지이다. 산중의 산나물과 갯가의 해산물이
합쳐 물물교환을 이루고 사람냄새 풍기는 만남의 역할을 하였던 곳
이다. 조선 말기까지 화개장은 나라 안에서 다섯 손가락 안에 꼽힐
정도로 큰 장이었다.

하동포구 팔십 리는 사계(四季)가 뚜렷하기로 유명하다.

섬진강변 산기슭에 벚꽃이 만발하여 하얗게 휘날릴 때 이 길을 걸으면 처녀 총각이 시집 장가간다는 십리 벚꽃 혼례 길도 유명하고, 은어들이 노니는 섬진강은 노을빛 곱고 봄빛 유난히도 반짝이는 금빛모래를 따라가다 보면 신선이 노닌다는 선유동계곡까지 펼쳐진다.

가을단풍 잎사귀들은 연동계곡 화개천과 섬진강 뱃길 따라 유유히 노량까지 돛단배 되어 쌍쌍이 흘러간다. 서녘으로 기우는 황혼과 지리산 벽소명월 보름달을 따라 섬진강 강기슭으로 달려가 보면 갈대소리 어울려 깊어가는 가을의 여울소리는 세속에 찌들어 있는 우리 마음속 세상시련을 모두 잊게 한다.

또한 겨울에는 북풍한설 몰아치는 지리산 천왕봉을 넘어 세차고 매서운 섬진강 강바람이 기타 줄에 엉키듯 구슬프게 울어대고, 멀고도 아스라한 지리산 백운산의 연봉(蓮峰)들은 흰 눈을 머리 위에 짊어지고 있는데, 이 정취 높은 광경을 섬진강 물속에서도 함께 바라볼 수 있어 더할 나위 없는 경치와 장관을 만들어내고 있다.

이렇듯 하동포구는 사계에 따라 사방의 경치를 매 시차 매 초마다 감상할 수 있는 곳이다. 그래서 나는 내 고향 하동을 더욱 자랑스럽게 여기며, 대한민국 국민이라면 죽기 전에 한 번쯤은 꼭 봐야 할 절경(絶景)이라고 말하고 싶다. 이런 하동포구 팔십 리와 같은 절경이 또 어디에 있으랴.

시인 묵객이 아니어도 하동에 오면 누구나 하동포구 팔십 리에 꽃 피고 새 우는 소리가 마치 애처롭고 슬피 우는 대금산조 소리처럼 들리게 될 것이다. 그림 같은 절경은 보통 사람들조차도 시인으로 만들게 마련이다.

　그리고 어머니 품안의 포근한 사랑 같은 지리산은 고수(鼓手)처럼 자리잡고 앉아 영호남을 합한 판소리를 들려준다. 영호남 화합의 상징으로 조영남의 〈화개장터〉 노래를 이야기하는데, 그 이전부터 하동에는 영호남이 하나로 어우러진 판소리 가락이 자리하고 있었다.

　팔십 리를 구비 구비 흐르며 한 구비 돌 때마다 봄의 화신 매화꽃을 터뜨리고, 녹차 꽃 피고 녹차씨앗 영글어가는 내 고향 화개동천. 그 이름처럼 화개(花開), 즉 꽃이 만발할 때 하동으로 오시라.

　봄에는 매화꽃과 벚꽃, 여름에는 녹차꽃, 가을에는 온갖 울긋불긋 단풍꽃, 여름에는 새하얀 눈꽃, 그리고 사시사철 언제나 정겨운 사람꽃이 피는 내 고향 화개동천으로 오시라.

　영남과 호남이 하나 되어 어우러지고, 사람냄새 꽃냄새에 취해 흥겨움에 저절로 어깨춤 덩실대게 하는 화개장터로 오시라.

　하동포구 팔십리에 꽃이 피면 그리운 벗이여, 하동으로 오시라.

지리산이 부른다

　지리산 화개동천에 대표적인 4개의 계곡은 신선이 머문다는 선유동, 지리산에 가장 먼저 들어온 사람(남녀)인 호야(乎也)와 연진(蓮眞)이 머물고 살았다는 대성동, 우리 역사에 아픈 상처로 남아있는 빨치산의 흔적이 남아있으며 지리산에서 가장 깊은 계곡인 빗점골, 그리고 동국제일선원이 위치한 칠불사 옆 연동골(현, 목통골)이다.

　그리고 이외에도 지리산에는 아름답고 수많은 이야기들이 서린 계곡들이 무수히 많다. 대략 손꼽아 보아도 약 50개가 넘는 계곡들이 자리하고 있다.

　지리산 어느 골짜기 하나 아름답지 않은 곳이 없지만 내가 자주 찾고 또한 지인들에게 당당하게 소개하는 곳은 단풍으로 유명한 화개동천 연동계곡이다. 유독 단풍이 아름다운 연동계곡 탐방은 속세에 찌들어있는 우리들의 마음을 새롭게 변화시켜 주며 우리에게 새로운 기운을 북돋아줄 것이다.

　연동계곡은 그 옛날 남해바다 하동 노량에서 나는 해산물을 화개장터를 거쳐 화개재 장터까지 지고 와서 남원에서 나는 농특산물들과 바꾸어가는 물물교환이 이루어졌던 곳이다. 그런데 지금은 그 흔적만 남아 있고, 더구나 장터나 재로서의 기능은 없어 많은 아쉬움이

지리산계곡

남는다. 옛날에는 연동부락이 있어서 주민들이 살았으나 지금은 아무도 살지 않는다.

가을철 연동계곡 단풍은 가히 환상적이라 해도 손색이 없다. 이건 직접 와서 보지 않고서는 설명할 수 없을 정도다. 아무리 사진을 잘 찍는 사진작가가 와서 연동계곡 단풍 사진을 찍어도 그 아름다움은 사진 한 장에 결코 담아갈 수가 없다. 그래서 연동계곡 단풍을 한번 구경한 사람들은 이후에도 계속 찾는 곳으로 유명하다.

혹시 벗들 중에 연동계곡으로 단풍산행을 오실 분이 있다면 연동계곡 화개재 삼도봉 황장산 당재로 이어지는 탐방코스를 추천한다. 이 코스에는 전라남북 경상남도 세 개의 도가 모여 있고 세 개의 도를 가장 빠르게 돌아볼 수 있는 전국 유일한 곳이다.

전라도와 경상도 세 개 도가 만나는 삼도봉에서 잠깐 지친 다리를 쉬며, 남북통일과 동서화합을 기리는 화합주 한 잔을 들이키면 마음에는 저절로 평화와 행복이 찾아오게 된다.

삼도봉에서 화합주 또는 따뜻한 녹차 한 잔을 마신 뒤에는 하동의 소금을 지고 화개재를 넘어 뱀사골 반선으로 가다가 소금장수가 물에 빠졌다는 간장소와, 여인의 엉덩이를 닮았다는 푸짐하고 펑퍼짐한 반야봉을 바라보면서, 단풍에 취하고 낙엽소리에 취한다는 황장산으로 내려오시면 된다.

혹시라도 화개동천 연동계곡으로 오시면서 길잡이가 필요하거나 함께할 벗이 필요한 분들 계시면 연락주시길. 연동계곡 단풍에는 언제든 취해볼 준비가 되어 있으니.

지리산 화개동천 칠불사의 유래

김해 김씨 시조인 김수로왕은 인도 갠지스강 상류 아유타국의 공주 허황옥(許黃玉)을 왕비로 맞이하여 10남 2녀를 두었다. 단군 건국 이래 외국인하고 최초로 결혼한 사람이 김수로왕이 아닌가 싶다. 이것이 바로 내 김해 김씨 족보의 시작이다.

김수로왕의 큰아들은 왕위를 계승하고 차남과 삼남은 모후의 성씨를 따라 김해 허(許)의 시조가 되었다. 나머지 일곱 왕자는 외삼촌이자 허황옥의 오빠인 인도 스님 장유보옥 선사를 따라 출가하였다.

가락국 시조 김수로왕과 왕비는 어느 날, 출가한 아들들이 보고 싶어 김해에서 배를 타고 남해를 거쳐 섬진강을 거슬러 지리산 화개동천까지 올라와 이곳 지리산 칠불사 골짜기까지 찾아왔다. 그러나 일곱 왕자들의 스승인 장유보옥 선사는 수도중인 왕자들 마음이 흐트러질까봐 상봉을 허락하지 않았다.

왕과 왕비는 임시 숙소를 마련하고 머물면서 아들들을 만나고자 했지만 만날 수가 없었다. 그러던 어느 날 일곱 왕자가 성불했다는 소식이 들려왔다. 왕과 왕비는 그 소식을 듣고 칠불사로 찾아갔지만 왕자들을 찾을 수가 없는데 왕비가 우연히 연못 속을 보니 일곱 왕자가 물속에 비쳤다 한다. 그 연못이 지금의 영지(影池)다.

소식을 전해들은 수로왕도 크게 기뻐하며 이를 기념하여 절을 지었다. 그래서 왕이 머문 곳에 지은 절이 범왕사, 대비가 머문 곳에 지은 절은 대비사, 신하가 머문 곳에는 신흥사를 각각 지었다고 한다.

김해 김씨의 시조인 김수로왕과 지리산 칠불사에 얽힌 여러 이야기들을 떠올리며 이것저것 생각에 잠기다보니 부처님 말씀이 영지(影池)에 비치는 것 같다.

"참기 어려움을 참는 것이 진실한 참음이고, 누구나 참을 수 있는 것을 참는 것은 일상의 참음이다. 자기보다 약한 이의 허물을 용서하고, 부귀영화 속에서 겸손하고 절제하라. 참기 어려운 것을 참는 것이 수행의 덕이니, 원망을 원망으로 받아들이지 말라…."

부처님 말씀 앞에 잠시 옷자락을 여미고, 칠불사 영지 연못 위로 번지는 물무늬를 잠시 바라다본다.

칠불사 영지

지리산 야생 녹차, 실화상봉수(實花相逢樹)

꽃이 지고 바로 열매를 맺는 게 식물의 원칙이며 진리다. 그런데 차나무는 이와 달라서 식물들 중에서 유일하게 꽃이 지고 일년 뒤에나 열매를 볼 수 있다. 그래서 '꽃과 열매가 서로 상봉한다'고 하여 차나무를 다른 이름으로 '실화상봉수'(實花相逢樹)라고 한다. 이것만 보아도 녹차가 여느 식물과는 다른, 범상치 않은 존재임을 잘 알 수 있다.

지리산 야생녹차 꽃은 하얀 빛깔의 다섯 장 꽃잎을 피운다. 그런데 이 다섯 장의 꽃잎은 각각 녹차가 지닌 다섯 가지 맛을 상징한다.

녹차가 지닌 다섯 가지 맛은 고(苦, 쓰다) 감(甘, 달다) 산(酸, 시다)

녹차열매

함(鹹, 짜다) 삽(澁, 떫다)인데, 쓰고 달고 시고 짜고 떫은 것은 우리
네 인생의 다섯 가지 맛과 매한가지다.

　그래서 녹차를 마신다는 것은 인생의 맛을 맛본다는 뜻이며, 녹차
를 마시는 것은 인생을 마시는 것이다.

　그래서 우리 선인들은 이러한 녹차를 인생에 비유하여, "너무 인색
하지(함, 鹹) 말고, 너무 티나게도(산, 酸) 말고, 너무 복잡하게도(삽,
澁) 말고, 너무 편안하게도(감, 甘) 말고, 너무 어렵게도(고, 苦) 살지
말라"고 충고하였던 것이다. 이런 다섯 가지 깊은 맛은 실로 녹차에
서만 맛볼 수 있는 깊은 인생의 맛이 아닐 수 없다.

벗들이여, 삶에 지쳐서 괴롭고, 어렵고, 복잡할 때는 녹차 한 잔 곁에 두고 마시며 인생의 여유를 되찾으시기를.

지금 열심히 노력해서 꽃 피운 것들이 당장 열매를 맺지 못하더라도 때가 되면, 설화상봉수(實花相逢樹) 녹차 꽃과 열매가 만나듯, 열매 맺을 날이 반드시 오리니.

꽃과 잎이 못 만나 상사병이 난 꽃, 상사화

꽃무릇의 다른 이름은 석산화이다. 그런데 흔히들 꽃무릇을 상사화라고 잘못 부른다. 꽃무릇과 상사화는 둘 다 수선화과에 속하는 종이기는 하지만 사실은 전혀 다른 식물이다. 우선, 꽃의 색깔이나 모양부터 아주 다르다.

다만 비슷한 것은 잎과 꽃이 서로 만날 수 없다는 점에서는 둘이 공통점을 가진다. 여기에 석산화와 상사화의 꽃 이름이 비슷하다보니 많이들 헷갈려하는 듯하다.

연한 보라색 꽃이 피는 상사화는 꽃과 잎이 서로 달리 피고 지므로 서로 만나지 못하고 떨어져서 꽃과 잎이 서로를 사모하는 마음이 불붙는다고 해서 붙여진 이름이다.

녹차는 꽃과 열매가 일년 뒤에나 서로 만난다고 해서 '설화상봉수' 라고 하는데, 상사화는 평생을 가도 꽃과 잎이 아예 만나지를 못하니 상사병이라도 날 지경이라 꽃 이름도 상사화라 부르는 것이다. 그리고 보면 일년 뒤에라도 꽃과 열매가 상봉하는 녹차는 행복한 편이다. 상사화는 잎과 꽃이 같이 만날 날이 아예 없으니 말이다.

석산화, 즉 꽃무릇은 생명력이 강해 메마른 땅에서도 잘 자란다. 여기에 비해 상사화는 번식이 약해 군락지가 드물고 찾기도 힘들다.

그래서 일반 사람들이 쉽게 접할 수 있는 꽃무릇을 상사화라고 잘못 부르게 된 것으로 추정된다.

꽃무릇은 우리나라의 자생식물이 아니라 중국이 원산지며 외래식물이다. 그래서 관광객을 모으기 위해 주로 관광지 주변에 관광 상품으로 인공적으로 많이 조성되었다. 따라서 제한된 공간에 군락을 이룬 것을 본다면 십중팔구는 꽃무릇일 때가 많다.

상사화는 꽃줄기나 잎의 식용이 가능하지만, 꽃무릇은 독초이기 때문에 조심해야 한다. 독초인 탓에 꽃무릇의 뿌리로 즙을 내어 나무에 바르면 벌레가 달려들지 않기 때문에 꽃무릇은 사찰 주변에서 많이 재배한다.

석산화, 꽃무릇, 저승화는 같은 꽃의 다른 이름이고, 상사화는 비슷한 이름의 전혀 다른 꽃이다.

꽃과 잎이 서로 만나지 못하는 것만도 서러운데, 전혀 다른 이름으로 불린다면 얼마나 더 억울할 것인가. 그래서 꽃무릇과 상사화는 구별해서 불러주어야 한다.

상사화

한산소곡주 단상

몇 년 전 정현태 남해 군수님의 추천으로 서천군 한산모시마을을 답사한 적이 있다. 그때는 서천군이 모시만 유명한줄 알았는데 최근에 와서야 페이스북 친구를 통해 서천에 명품 전통주 한산소곡주라는 유명한 술이 있는 것을 알게 되었다.

한산소곡주는 일찍이 1979년 7월 3일 충남 무형문화재 제3호로 지정될 정도로 맛과 향이 뛰어난 명품 술이다 1,500여 년의 전통을 이어오며 현존하는 전통주 가운데서 맛으로는 최고 으뜸이라 해도 손색이 없을 것이다.

한산소곡주가 이렇게 이름난 데에는 몇 가지 이유가 있다. 그 중 하나는 한산소곡주는 100일 이상을 발효시켜야 제 맛을 내는, 오랜 정성과 인내로 빚는 술이란 점이다. 가을에 가을걷이를 하고 난 후, 비로소 한산소곡주를 빚기 시작해 서천군 한산면 일대에는 집집마다 술익는 향기가 피어오르는데, 긴 겨울을 넘기며 초봄이 올 때쯤에야 비로소 맛있게 익는 술이 바로 한산소곡주다.

한산소곡주에 대해서는 수많은 일화나 설화가 전해져 내려온다. 백제 멸망 후 유민들이 주류성에서 나라를 잃은 슬픔을 달래기 위해 소곡주를 빚어 마셨다고도 하고, 마의태자가 개골산(금강산)에 들어

가 나라를 잃은 설움을 술로 풀었다는데, 그때 마의태자가 마신 술이
백제의 한이 서린 술인 한산소곡주일 것이라는 설도 있다.

　조선시대에는 과거길에 오른 선비가 한산 지방의 주막에 들렀다가
소곡주의 맛과 향에 사로잡혀 과거 날짜를 넘겼다는 일화도 있고, 술
을 빚는 집안의 며느리가 술맛을 보느라고 젓가락으로 찍어 먹다보
면 자신도 모르게 술에 취하여 일어서지 못하고 앉은뱅이처럼 엉금
엉금 기어 다닌다는 말도 전해진다.
　아무튼 한번 마시기 시작하면 한산소곡주 특유의 달콤한 향과 맛
에 반해 술 취하는 줄도 모르고 있다가 집에 가려고 일어서려면 다리
가 꺾여 그 자리에 주저앉게 된다고 해서 한산소곡주에 붙은 별명이
'앉은뱅이술'이다.

이런 숱한 설화들만 보더라도 한산소곡주는 정말 얼마나 맛과 향이 뛰어난 술인가를 짐작할 수 있다. 한산모시와 견주어도 손색이 없는, 서천군의 명품임에 틀림없다

서천에는 한산읍을 중심으로 인근 8읍 즉 한산, 서천, 비인, 홍산, 임천, 남포, 정산, 보령 등이 예로부터 모시와 길쌈으로 널리 알려진 곳이라, 서천을 잘 모르는 사람들도 한번쯤은 이곳의 장날을 언론 등을 통해 귀동냥으로라도 보거나 들었을 것이다.

정약용의 『경서유포』에도 기록하기를, 서도 지방의 연초(담배), 북도의 삼밭, 한산 지방의 모시, 전주 지방의 생강, 강진 지방의 고구마, 황주 지방의 지황 등 이들 지역의 밭농사 수입은 논농사의 열배 이상이나 된다고 기록하고 있다.

그만큼 한산 지방에는 모시가 유명한데, 한산 모시와 더불어 임금님께 바쳐지는 진상품으로 전통을 이어져온 한산소곡주는 가히 한산 지역의 명물이 아닌가 싶다,

나에게 이렇듯 좋은 술인 한산소곡주를 알려준 페북 친구 정필옥님은 고추 2,000주 이상, 고구마 2,000평 이상의 밭농사를 짓고 있다. 정약용의 『경서유포』에 이야기한 것처럼 논농사보다 밭농사로 더 많은 수입을 올리는 분이다.

귀농인으로서 모범이 되는 농촌의 소박한 정필옥님 부부의 행복한

사랑 이야기는 내 고향 하동군 북천면 코스모스 축제장에서 많은 사람들에게 잔잔한 감동을 주며 널리 알려진 바 있다

　　서천군 한산읍에 한산모시가 있고 한산소곡주가 있다면, 내 고향 하동군에는 하동 녹차가 있고 하동의 명품 〈솔잎 한우〉가 있다. 듣기로는 화개양조장 등 하동 지역의 양조장들에서 하동을 대표할 막걸리를 개발하고 전통주를 복원하고 있다고 하는데, 한산소곡주처럼 하동을 대표하는 전통주가 널리 알려져서 하동의 새로운 명물 하나가 더 생겨났으면 하는 소박한 바램이 있다.

팔월 한가위와 추수감사절

'5월은 농부, 8월은 신선' 이라는 말이 있다. 이 말에는 5월은 농부들이 농사를 잘 짓기 위해 땀을 흘리며 옷이 마를 날이 없지만 8월은 한해 농사가 마무리된 때여서 신선처럼 지낼 수 있다는 뜻이 담겨있다.

그래서 우리 속담에 "더도 말고 덜도 말고 한가위만큼만 같아라" 는 말이 있다. 덥지도 춥지도 않아서 우리가 살아가기에 가장 알맞은 계절이라는 뜻이 담겨 있다. '한가위' 의 '한' 은 '크다' 는 뜻이고 '가위' 는 '가운데' 라는 뜻이다. 그래서 8월 한가위란, '8월은 한가운데 있는 큰 날' 이라는 뜻이 된다.

8월 한가위는 한해 농사를 끝내고 오곡을 수확하는 시기이므로 미국의 추수감사절과 비슷하다고 봐도 무리가 없다. 추수감사절은 1620년 메이플라워호를 타고 신대륙 미국에 정착한 영국의 청교도들이 이듬해 11월 추수를 마치고 3일간 축제를 연 데서 유래가 되었다.

우리나라의 추석과 비슷하게 미국에서도 추수감사절에는 가족을 만나기 위해 대이동이 시작되기도 한다.

우리는 열나흘레 날 저녁 밝은 달을 보면서 가족들이 모여 송편을 만들며 "송편을 예쁘게 빚으면 예쁜 배우자를 만나게 되고 잘 못 빚으면 못 생긴 배우자를 만나게 된다"고 해서 처녀 총각들은 저마다 송편을 예쁘게 빚으려고 노력했던 아름다운 추억이 묻어있는 명절이 한가위다.

미국은 가족들이나 친구들이 함께 한자리에 모이게 된 것을 감사드리며 자신들이 받은 축복을 감사드리는 기도를 하나님께 드린다. 우리도 한해의 수확을 허락한 하느님과 조상님께 감사를 드리고 가족과 정을 나눈다.

추수감사절이든, 한가위든 서로 이름은 다르지만 둘 다 풍성한 곡식과 수확을 허락한 하늘에 감사드리고, 가족들이 모여 서로의 정을 확인하는 것은 미국이나 한국이나 다 같은 모습이다.

추수감사절과 한가위가 감사한 이유는 가족들이 함께할 수 있기 때문이기도 하다. 먼 곳에 뿔뿔이 흩어져 있던 가족들이 추수감사절이라는 이름으로, 또는 한가위라는 이름으로 한 곳에 모여서 함께 기도하고 밥상을 나누며 한 가족임을 확인하는 것, 그것만으로도 한가위의 의미는 충분하다.

언제나 힘들고 괴로울 때, 끝까지 함께 하는 것은 가족이므로. 사랑이라는 이름으로 하나 된 '가족' 이야말로 세상을 살아가고 시련을 이겨내는 가장 큰 원동력이 되므로.

연지 곤지 찍고 시집 장가가는 날

살다보면 하루 종일 참 기분 좋은 날이 있다. 그런 날은 기억과 추억이 맞물리고 겹쳐지며 오래 오래 마음에 남는 법이다.

내 마음에 최근 기분 좋게 기억되는 날은 어떤 전통혼례식에 다녀온 날이다. 요즘은 '결혼식' 하면 너무나 똑같은 방식으로, 그것도 시간에 쫓기듯 후다닥 해치우는 경향이 없지 않다. 고만고만한 예식장, 엇비슷한 식순, 그리고 단체사진 찍고 나서 우루루 식당으로…. 이렇다보니 결혼을 축하하기보다는 때로는 조금 식상한 기분이 들기도 한다.

얼마 전 손 없는 날, 살기 좋고 인심 좋은 화개동천 쌍계한의원 탕제원에서 전통혼례식이 있었다. 오랜만에 보는 전통결혼식이라 들뜬 마음에 헐레벌떡 달려갔다.

예식장에서 하는 결혼식이 대개 공휴일 점심시간을 전후해서 하는 반면에 전통혼례식은 종종 결혼식을 해질 무렵에 치르기도 한다. 이는 해질 무렵이 음양의 조화(낮과 밤의 균형)를 상징하는 것이라고 우리 조상님들은 생각했기 때문이다.

　이외에도 전통혼례식에는 한번쯤 곱씹어볼만한 많은 상징과 의미들이 숨어 있다. 전통혼례식에서 우리는 기러기와 닭을 한번쯤 보았을 것이다.

　기러기는 부부가 결혼생활에서 지켜야 될 몇 가지 규율을 상징한다. 인성이 타락한 요즘 세상에 꼭 필요한 도덕적 규칙이다. 기러기에게 우리 인간도 양심의 지혜를 배워야 한다.
　기러기는 일생 동안 같은 짝을 지킨다. 한 마리가 죽어도 평생 동안 새로운 짝을 찾지 않는다. 그러나 우리네 인간은 배우자가 숨지면 화장실에 숨어서 혼자 몰래 웃는다고 하니, 기러기 보기에 부끄러울 따름이다.

　기러기는 위계질서를 잘 지킨다. 기러기가 날아갈 때를 보면 앞장선 리더와 뒤따르는 팔로워들 사이에는 엄격한 위계질서가 있다. 사람도 가족 내의 위계질서와 남편과 아내의 역할을 기러기처럼만 지킨다면 가정의 평화를 지키는 데는 큰 문제가 없으리라.

또 기러기는 어디를 가든지 존재를 남기는 본성을 가지고 있다. 사람 역시 이 세상 떠날 때 그들의 자손에게 유산을 남기고 간다. 그러나 기러기가 자기 자식에게 남기는 것이 먹을 것이나 보물이 아니라 먹이를 찾는 법, 높이 그리고 멀리 날아가는 방법을 가르치듯 우리도 이제는 자식에게 물질적인 재산을 남기는 것을 넘어서 정신적 유산을 물려주는 것이 필요하지 않을까 싶다.

혼자 나는 법을 충분히 익힌 자손에게는 재산보다는 자수성가의 비결, 세상을 바라보는 지혜, 사람들과 어울려 살아가는 지혜를 남겨주는 것이 더 낫다. 부모가 죽고 난 후에 재산 때문에 형제지간에도 분란과 소송이 난무하는 것을 자주 본 까닭이다.

전통혼례식에서는 모형 기러기 외에도 실제 닭을 보자기에 싸놓은 것을 볼 수 있다. 수탉과 암탉을 하나는 푸른 천에 싸고 다른 하나는 붉은 천에 싸서 놓아둔다. 여기에는 수탉의 울음소리가 하루의 밝고 신선한 출발을 의미하며, 또한 혼례 날 찾아오는 사악한 악귀를 쫓는다는 의미도 들어있다.

혼례식장에 수탉을 두는 것은 악귀가 사라져 신혼부부에게 해를 입히지 말도록 해 달라는 희망의 뜻을 담고 있으며, 암탉을 두는 것은 암탉이 달걀을 많이 낳듯이 신부가 아이를 많이 낳고 건강하게 잘 기르라는 뜻이기도 하다.

이렇듯 우리의 전통혼례식에는 새롭게 출발하는 신랑신부의 가정을 축복하고, 앞으로의 행복을 위해 어떻게 살아야 할 것인가를 되새겨보는 많은 상징들이 포함되어 있다.

아무쪼록 전통혼례식 하나하나에 깃든 우리 조상들의 깊은 의미와 지혜를 잘 살펴 새롭게 결혼한 신혼부부들에게는 언제나 좋은날, 행복한 날만 가득하기를!

빗점계곡 너덜바위에도 가을은 오고

역사의 영혼이 아프게 깃든 지리산의 흔적 속에서도 자연은 소리 없이 엉금엉금 기어오고 있다. 누구의 잘못인지 누가 더 아픈지 자연은 묻지도 따지지도 않고 묵묵히 우리 곁에 다가오고 있다.

세월이 바뀌고 또 바뀌어도 아픈 마음의 상처는 쉽게 씻을 수 없다. 세월 속에서 흔적은 말이 없다. 이념과 사상, 권력이 도대체 뭐기에 그토록 우리를 괴롭혔던 것일까? 자연은 우리 인간의 어리석음을 오늘도 비웃고 있다.

지금은 살생과 대립의 시대가 아니라 상생과 공존의 시대다. 지리산 빗점골에도 총성이 멎고 평화가 깃든 지도 반세기가 넘었는데도 아직도 사람들의 가슴속에는 냉전의 이데올로기가 짓누르고 있다. 슬픈 역사요 참으로 슬픈 민족이다.

빨치산 이현상. 그가 입힌 약탈과 살생 등은 결코 용서받을 수 없다. 따라서 이현상은 절대로 영웅으로 묘사되어서는 안된다.

그러나 빨치산 이전의 이현상은 일본에 저항한 독립운동가로서, 그리고 이념과 실천에 충실한 지식인으로서 한국현대사에서 새롭게 조명할 필요가 있다고 본다.

해방 전 이현상이 보여준 조국에 대한 충성심은 일본에 충성 맹세하여 혈서를 쓰고 죄 없는 수많은 동족을 살해한 친일파들보다는 낫다고 보아야 한다. 이현상에 대한 공은 공대로, 과는 과대로 다시 한 번 정확하게 평가할 필요가 있지 않을까?

역사는 과거와 현재와 미래 모두를 위해 필요한 것이다. 그러므로 역사 그 자체를 부정하거나 진실을 왜곡해서는 안 된다. 이념과 생각이 다르다고 자신의 잣대로 역사를 평가하고 재단한다면 그것은 역사에 대한 올바른 평가가 아니다. 과거 역사에 대한 진실을 부정하고 왜곡하는 민족에게 미래는 없다는 단순한 진리를, 우리는 바로 이웃 나라 일본의 현재 모습에서 너무나 쉽게 발견하고 있지 않은가.

역사의 한이 서린 지리산 빗점계곡 너덜바위에도 가을은 오고 있다.

빗점계곡 너덜바위

죽음이란 무엇인가?

우리나라 사람들은 예로부터 사는 것을 가장 큰 행복으로 삼았고, 제 명대로 살다가 편안하게 죽는 것을 오복의 하나로 꼽았다.

죽음이란 무엇인가?

죽음에 대한 깨달음은 온갖 예속과 굴레에서 우리를 해방시킨다. 사람이라면 누구든 죽음을 피할 수 없다. 누구든 죽지 않을 방법은 없다. 죽음은 누구에게나 공평하게 단 한 번 찾아온다. 죽음 앞에선 영웅도 평범한 범부도 마찬가지이다. 영웅도 범부도 죽음은 혼자서 조용히 맞이하게 된다. 죽음은 삶의 끝이며 누구도 피하지 못하고 거부하지 못하며 온몸으로 맞아 들여야 하는 운명이다.

얼마 전 대한불교 조계종 화개동천 지리산 칠불사 회주 제월당 통관 대선사께서 열반에 드셨다. 열반에 드시기 전 대선사께서는 아래와 같은 열반송을 남기셨다.

"살아도 본래 삶이 없는데 어찌 삶을 좋아할 것이며
죽어도 본래 죽음이 없는데 어찌 죽음을 싫어할 것인가
나고 죽음과 싫고 좋음이 적멸한 곳에
법신광명이 법계에 두루 하네."

죽음은 죽는다고 끝나지 않는다. 죽음 이후에도 가야 할 길이 있기 때문이다.

우리 조상들의 표현을 빌자면, 저승길을 가야 하는 것이다. 때론 혼자 가기도 하고, 때론 저승사자의 인도를 받아 가기도 한다. 어쨌든 외롭고 고달픈 새로운 인생길이다.

그리고 성경에서는, "한번 죽은 것은 정하신 일이요, 그 후에는 심판이 있으리"라고 했다. 죽음 이후에는 살아생전의 우리 죄에 대한 하나님의 심판이 기다리고 있다는 것이다.

그러므로 우리는 죽음 이후에 있을 심판을 두려워하는 마음으로 지금 우리 앞에 주어진 생을 겸손하게 그리고 최선을 다해 살아야 한다는 뜻이다.

불가에서는 이야기하기를. "삶과 죽음이 있는 줄로 아는 것은 허공에 꽃이 나타나는 것을 보는 것과 같은 것이고, 열반이 있는 줄 아는 것은 허공에 꽃이 사라지는 것을 보는 것과 같다"고 한다.

그래서 죽음의 세계란 인간의 경험영역, 지각영역을 넘어서는 차원 아니면 종교적 문제에 속하기 때문에 그 본체를 파악하기란 불가능하다고 말한다.

그러나 사람들은 죽음과 종교에 대한 해석을 자기식의 독단을 개

입시키고, 각자 자신의 안경과 잣대를 통해 죽음을 판단하고 분석한다.

솔직히, 죽어보지 못했으니 죽음에 대해서 잘 모르고, 죽음에 대해 알자면 죽어봐야 하는데, 죽었다가 다시 살아 돌아올 수가 없으니 죽음은 인류에게 남겨진 최대의 수수께끼가 아닐 수 없다. 그래서 사람들은 죽었다가 다시 살아 돌아왔다는 사람들 말을 듣고 귀가 솔깃해하기도 한다. 그러나 그들의 말을 무작정 다 믿을 수도 없다. 죽었다 살아 돌아왔다는 사람들에게서조차, 죽음에 대한 통일된 답변을 들을 수 없기 때문이다.

아무튼 죽음이란, 그만큼 인생에서 중대문제이고, 누구나 한번은 겪어야 하며, 피할 수 없는 운명인 것은 분명하다.

죽음이란 무엇인가?

인간은 평생 동안 죽음을 향해 나아간다. 인간은 평생 동안 죽기 위해 산다. 산다는 것은 무덤을 향하여 한 발자국씩 더 가까이 다가가는 여정에 다름 아니다.

죽음은 육신의 죽음과 영혼의 죽음 두 가지로 나누어 볼 수 있다.

죽음이란 기독교식으로 말하자면 심판자 하나님 앞으로 나아가는 것이다. 누구도 피할 수 없는 필연이다.

죽음이란 불교식으로 말하자면 다음 생으로 넘어가는 것이다. 이 생의 업보를 쌓고 쌓아 그 인연을 필연으로 다음 생으로 윤회하는 것이다. 불교에서 말하는 죽음은 이생과 저생을 연결하는 통로같은 것이다.

죽음이란 무엇인가?

수천 수만 년의 세월을 통해 우리 앞의 수많은 선조들도, 많은 석학과 영웅호걸들도 해결하지 못한 죽음의 수수께끼 앞에 너무 두려워하지 말자. 무엇이 정답인지 알지 못하는 죽음에 매달리기보다는 죽음을 눈앞에 둔 지금 이땅에서의 삶에 대해 더 고민하자.

내 삶이 힘들고 어려워서, 일에 쫓겨서 내 주위를 돌아보지 못하지는 않았는가? 나의 권력, 내 눈앞의 금은보화에 눈이 어두워 내 이웃

을 헤아리지 못하지는 않았는가?

죽음이란 명제 앞에 서면 인간은 누구나 "신이여 저에게 조금만 더 시간을 주시지 그랬습니까?"라면서 아쉬움을 달래며 질문을 던지면 신은 인간에게 이렇게 답하리라.

"시간은 남이 만들어 주지 않는다. 내가 인간에게 준 모든 것들 중에서 시간은 가장 공평하게 주었다."

그렇다. 외모도, 성별도, 부모도, 재산도, 지역도 모두가 다 다르게 태어났지만, 신이 우리 인간에게 가장 공평하게 준 것은 바로 시간이다. 시간은 누구에게나 가장 공평하게 주어진 신의 선물이다.

그러므로 우리는 내 육신이 숨쉬고 있을 때 달콤한 빛만 보지 말고 내 주위의 어두운 그림자를 찾아볼 필요가 있다. 신이 나에게 주신 가장 공평한 기회인 시간을 쓸데없는 일, 소모적인 일에 쓸 것이 아니라 가장 가치 있는 일에 써야 한다. 그것이 죽음을 맞이하는 가장 지혜로운 방법이다.

해탈하여 부처의 반열에 든 수행자도 죽음을 피할 수 없었고, 예수의 말씀을 직접 들었던 열두 제자들도 죽음을 피할 수는 없었다. 그러나 해탈한 선각자는 중생의 구제를 위해 살았고, 예수의 제자들은 남은 평생을 복음 전하는 삶을 살았다.

죽음이란 무엇인가?

지금도 나는 그 답을 모른다. 그러나 죽음이란 무엇인가라는 질문을 통해 나는 지금 우리에게 주어진 시간을 최선을 다해 사는 것이 지혜로운 죽음을 맞이하는 방법이란 것을 깨닫게 되었다.

아름다운 죽음이란 없다.
죽음 앞에 이르기까지 살아온 내 삶의 모습, 그리하여 이땅 위에 남겨진 내 삶의 자취가 아름다울 뿐.

칠불사에서 가을의 흔적을 담다

한 계절이 바뀌고 있다. 신이 술에 취해 실수로 뿌려놓은 물감도 시간이 지나면 점점 희미하게 빛을 잃어갈 것이다. 시계바늘을 거꾸로 다시 돌려놓아도 잃어버린 것은 다시 돌아오지 않는 법. 시간은 흐르고 계절은 바뀌어 간다.

돌이킬 수 없는 인생과 시간들이지만 하동포구 팔십 리 물길 따라 거슬러 오르면 시간마저 거슬러 오르는 착각이 들 정도로 아름다운 연동계곡이 나타난다.

자연이 빚어놓은 진실의 흔적.

영원히 지워지지 않는 마찰의 시간.

그리고 그 시간들을 기억하는 바위들.

그 오랜 영겁의 시간들이 빛을 태어나게 했다.

연동계곡 흰 물줄기는 오랜 골짜기에서 태어나 지금껏 흐르고 있다.

시간의 근원.

지리산 화개재.

벼랑 아래 숨어있는 물결.

백발이 된 흰 머리 억새 꽃대는 쉼 없이 살랑이고,

철 만난 가을 꽃 보라색 용담초는 가을 빛 맞이하여 자지러지며 어

용담초

우러진다.

　지리산 연동계곡을 올랐다가 점심자리 찾느라 햇살과 그늘 사이에서 잠시 행복한 갈등을 느꼈다.

　인간은 먹는 것보다 행복한 게 없다고 했던가, 아니면 금강산도 식후경이라 했던가.

　돌계단 하늘 아래 잎들이 붉디붉어 산홍(山紅) 수홍(水紅) 인홍(人紅) 되니 산을 올라도 지칠 줄을 모른다.

　가을바람에 숨 고르며 느리고 길게 발길을 던지며 바스락 바스락 소리 내며 낙엽 길을 오른다.

　발걸음을 옮기는 몸이 유난히 무거운 건 전날 마신 막걸리 탓이리라.

　한낮 구름 한 점 없는 화개재, 아득히 빛내림이 쏟아진다.

　구절초는 벼랑 끝에 아슬아슬하게 매달리고, 앙상한 가지 사이로 쏟아지는 햇살. 그늘 사이로 간간이 보이는 능선 바라보며 두런두런 얘기 나누며 걷는다.

　바람과 구름이 금세 모였다 흩어지며 사라진다. 추억이 여미는 11월의 숲. 지천의 벼랑과 비탈은 지리산의 한 맺힌 사연을 품고 수천 년을 모진 풍파에 시달려온 탓인지 적막함이 맴돈다.

　전날 먹은 반주 탓인가. 시작과 달리 끝에 이르러서 오르내림 모두

계곡만으로 이루어진 산행에 다리의 노쇠함이 퍽 부담스럽게 느껴지는 하루. 술 탓이 아니면 나이 탓일 터, 아무런들 어떠리.

깊고 깊은 산사의 독경소리에 가을도 저물어가는 양떼구름 바다 하늘. 수천 번을 오르내린 정다운 산꾼들의 발길이 추억과 행복을 남겨두었다.

사라진 것들 옆으로 다시 돌아오는 것들 사이로 오솔길은 흐른다. 길의 운명 역시 그저 평탄하지만은 않았으리라.

그렇다. 끝이 보이지 않는 누군가 흔적의 발자취 속에서 길은 태어나고 사라졌을 것이다. 동행이 없으므로 산은 더 자유로운 내 친구가 된다. 동행이 없으므로 산의 모든 것들이 나의 새로운 친구가 되어준다.

이름 모를 부도의 주인이 누구인지 몰라도, 세상사는 데 아무 지장 없고, 지리산 화개동천에 사는 데 아무 문제없다. 인간이 태초에 신에 의해 만들어진 이후 최대의 혁명은 자신의 존재를 발견하고 인식하는 일이었다.

자신의 존재에 대한 인식은 "나는 누구이며, 어디서 와서 어디로 가는가?' 하는 질문이다. 인간의 이 숙명적인 의문은 철학과 종교의 기원이기도 하다.

지리산만큼 꾸밈없이 순박한 산이 어데 있으랴. 천년의 비목에 숙연해진다. "흔적 없이 근사하게 떠나고 싶다"던 누군가의 말이 가슴에 스며든다.

해질녘 막걸리 한 잔 나눌 친구들 생각하니 사뭇 시간이 더디 간다. 문득 막걸리 한 잔 가득 단풍잎을 띄워 권해 드리고 싶은 친구들….

희미해져가는 초승달 모습이 안타까운 밤. 지리산의 나뭇잎이 구

산사의 상사꽃밭

르는 이른 아침. 까치들의 울음소리에 잠을 깨며 창가를 비추는 싱그러운 아침햇살이 가을비 그친 깊고 깊은 산골짜기에 오늘도 떠오른다.

지리산 화개동천 연동계곡을 올랐다가 칠불사로 돌아오며 마지막 가을의 흔적을 렌즈에 담아보았다. 가을은 렌즈보다는 내 마음에 먼저 담겨있었다.

벗들이여, 지리산으로 오시게

버려야 할 것이 무엇인지 깨닫는 순간, 꽃과 이파리는 무조건 이유 없이 자신을 버린다. 버림으로써 꽃은 떨어져 열매를 맺고, 이파리는 떨어져 거름이 되어 뿌리와 나무를 지킨다.

그러나 인간은 버려야 된다는 것을 알면서도 욕심 때문에 버리지 못한다. 버리지 못하기 때문에 더 추하고 더러워진다는 것을 알면서도 버리지 못하는 우리는 어쩌면 꽃과 낙엽들에게서 인생의 지혜를 배워야 한다.

아낌없이 버릴 줄 아는 꽃과 잎사귀, 얼마나 아름다운가.
스스로 떨어짐으로써 아름다워지는 나뭇잎 하나 화개동천 섬진강 줄기 따라 띄워 보낸다. 남해 바다를 넘어 더 먼 태평양까지 저 이파리 하나에 아직 여전히 버리지 못하는 내 마음의 미련도 실어 보내고 싶다.

산속의 보물 수채화 같은 가을 풍경 속에 아득히 들려오는 쌍계사의 새벽 종소리.
생에 마지막 불꽃을 품어내기 위해 낙화 준비를 하는 생명체, 너는 누구냐.

마지막 생명을 불사르는 네 황홀함은 산과 계곡, 강과 바다, 그리고 인간의 가슴까지도 붉게 물들이는구나.

붉게 물든 내 가슴은 아쉬움을 담아 조금이라도 더 가을이 내 곁에 머물도록 세월을 잡아당기고 싶구나.

네 마지막 한 잎의 아름다움에 넋을 놓고 빠져드니 산 붉고 물 붉고 사람까지 붉어지는 이 가을의 삼홍(三紅)…. 나도 모르게 화개동천 화개천에 술잔을 띄우게 만드는구나.

신라 말 최치원 선생이 혼탁한 세상을 등지고 지리산에 들어갈 때 꽂아두었다는 지팡이. 그 지팡이에서 움이 돋아 자란 삼산동 푸조나무. 국내에서 가장 큰 푸조나무라는 이 나무 앞으로 흐르는 화개동천 화개천에는 최치원 선생이 세상에서 더러워진 속세의 잡소리와 귀를 깨끗이 씻었다는 세이암(洗耳庵)이 있으니 나 또한 그 세이암에서 귀를 씻고 싶어라.

옛날에 한 신이 있어 선녀와 나무꾼과 더불어 새벽이슬 맞아가며 막걸리 나누다 신이 술에 취해 막걸리를 물에 쏟았더니 이것이 멋대로 흐르고 흘러 가을을 봄으로 알고 착각하여 삼홍(三紅)을 그려낸 것이 바로 이 세이암 계곡이라는데, 나 또한 지나는 등산객이라도 벗하여 새벽이슬 맞으며 막걸리를 나누고 싶구나.

이렇듯 삼홍(三紅)에 취해 마시다보면 나 또한 신선이 되고 나무꾼도 될 수 있으리. 혹, 신선이 아니라 선녀가 된들 어떠리. 삼홍(三紅)

집앞 녹차밭

의 풍경 속에 한 장의 그림으로 남을 수 있다면 영광인 것을.

    삼홍의 풍경 속에 한 장 그림으로 남고 싶다면
    벗들이여, 지리산으로 오시게.
    화개동천 세이암에서 묵은 귀를 씻고
    나와 더불어 막걸리 한 대포 나누시게.
    최치원 선생이 심은 푸조나무 여전하고,
    세이암 계곡물도 그대로 있으니
    너무 서둘러 오지 마시고 천천히 오시게.
    막걸리 한 대포 먼저 마시며
    나 기다리고 있을 터이니
    벗들이여, 홍에 겨운 발걸음 좇아
    지리산으로 오시게.

제3부
가족은 나의 힘
— 첫사랑은 영원한 사랑이 되고…

아내와의 싸움은 사랑이다

처음 아내를 만났을 때 그 설레던 마음과 아내의 아름다운 모습을 나는 아직도 잊을 수가 없다. 이렇게 아름다운 아내와 결혼에 성공했으니 나는 참으로 복이 많은 사람이라는 생각을 하곤 한다.

그러나 이런 나도 아내와 부부싸움을 한다. 서로 사랑해서, 죽고 못 살 것 같아서 결혼했는데 정작 결혼해서 부부가 되고 나면 그 사랑했던, 또는 여전히 뜨겁게 사랑하는 사람과 말다툼도 하고 부부싸움도 하게 되는 것이 사람이다.

나는 평생 동안 한 번도 부부싸움을 하지 않고 말다툼도 하지 않고 살아간다면 그것은 부부가 아니라고 생각한다. 그런 경우는 두 사람 모두가 부처님에 버금가는 성인군자이거나, 아니면 더 이상 싸우기도 귀찮을 정도로 서로 간에 애정이 식었거나 둘 중의 하나라고 나는 생각한다.

부부싸움은 어쩔 수 없는 신의 조화인 것 같다. 성경의 창세기에도 보면, 아담과 하와가 선악과를 따먹은 후 하나님께 들킨 후에 서로에게 책임을 떠넘기는 부부싸움을 하는 것을 볼 수 있다. 부부싸움은 인간이 창조된 직후부터 시작된 일인 것이다.

물론 부부간에 서로를 자극하는 싸움을 해서는 안 되지만 때론 부부싸움도 필요할 때가 있다. 부부 사이에 적당한 긴장도 유지해주고, 갈등해소의 역할도 한다. 물론, 이것은 부부 사이에 사과와 용서, 반성을 기본 전제로 한다. 사과도 용서도 반성도 없는 부부 사이는 결코 오래 못 간다.

부부가 서로 싸우는 것은 서로 사랑하기 때문이다. 서로에게 기대하는 바가 있고, 바라는 바가 있기 때문에 싸우기도 한다. 싸움이 있는 곳에 사랑도 함께 있는 것이다.

나도 아내와 부부싸움을 할 때가 있다. 그럴 때마다 나는 처음 아내를 만났을 때를 생각한다. 세상에 이보다 아름다운 사람이 어디에 있었을까. 꿈에서도 볼 수 없는 과분한 사랑의 여인이 지금의 내 아내가 아닌가….

이렇게 내가 아내를 처음 만났을 때를 생각하게 되면 싸움도, 말다툼도, 고달픔도 사라지는 것 같다. 사람과 사람이, 남남이 만나서 부부가 된다는 것은 어찌 보면 지극히 쉬운 일이고, 어찌 보면 기적과 같이 어려운 일이기도 하다.

그래서 서양 속담에 "바다에 나갈 때 한 번 기도하고, 전쟁에 나갈 때 두 번 기도하고, 결혼을 할 때는 세 번 기도하라"는 말도 있지 않은가.

결혼이란 풍랑이 이는 바다에 돛단배를 몰고 나가는 것과 같다. 돛단배는 낭만이지만 풍랑이 이는 바다는 현실이다. 결혼이란 전쟁터와 같다. 매일 매일 총성 없는 전쟁과 전투를 치르고 있다. 제1차세계대전과 제2차세계대전은 이미 끝났지만, 제3차세계대전은 매일 매일 누군가의 가정에서 지금도 일어나고 있다.

결혼은 전쟁이다. 동지로 만나 적으로 변해 싸웠다가도 수없는 고비와 사선을 같이 넘고 난 후에는 목숨과도 바꿀 수 없는 영원한 동지를 얻는 전쟁이다. (물론, 그 과정에 불행하게도 전사하고 마는 불행한 결혼도 없지는 않다.)

아직도 나는 아내를 처음 만났을 때를 생각하면 마음이 설렌다. 남들의 눈을 피해 조마조마한 마음으로 저 하늘의 별빛과 달을 보면서 서로가 서로를 위로하며 사랑을 키웠다. 아내와 나의 사랑은 알퐁스 도데의 단편소설 「별」과 같은 사랑이었다.

날마다 별을 보며, 염소떼를 키우며 우리의 사랑도 키웠다. 나는 나와 헤어지기 싫어서 깜깜한 밤길을 염소 몰고 집으로 돌아가면서도 몇 번이고 뒤돌아 나를 보며 손을 흔들던 아내의 뒷모습을 지금도 잊을 수 없다. 그리고 그 아내와 마침내 결혼에 성공했으니 그것은 나에게는 기적 같은 축복이었다.

아내와 나는 같은 동네의 아랫집 윗집에 살면서도 언제나 보고 싶을 때 마음대로 보지 못해 애가 탔다. 헤어지기 싫었지만 내일 또 보기 위해 오늘 또 헤어져야 하는 것이 너무나 싫었다. 아내와 함께 있는 시간은 늘 행복했다. 가로등도 없는 깜깜한 시골의 밤길이었지만, 아내와 함께 있다면 세상의 모든 무서움도 다 잊어버리곤 했다. 내가 유일하게 두려워했던 일은, 아내를 보지 못할까, 아내와 결혼하지 못할까 하는 것뿐이었다.

지금도 지리산의 깊은 골짜기를 가면 머리끝이 곤두서곤 한다. 그만큼 지리산 골짜기는 깊고 무섭다. 그러나 사랑 하나만으로 지리산 골짜기의 혹독한 추위와 비바람을 무릅쓰고 우리는 산속에서 염소를 몰고 함께 집으로 돌아오곤 했다. 지금은 누가 돈 주고 시킨다고 해도 못 했을 일들을 그때는 사랑 하나만 믿고 그렇게 용감할 수 있었다.

그러나 이런 나도 가끔씩은 아내와 부부싸움을 한다.

그럴 때마다 나는 나 자신에게 묻는다. '첫사랑이 영원한 사랑이 되었으니 나는 참 행운아가 아닌가. 그런데 그런 아내와의 사랑을 후회하고, 아내를 탓하고 아내를 원망한다면 나는 참 얼마나 못난 사내인가' 하고.

그리고 나는 다시 한번 아내와의 첫 만남을 떠올리곤 한다.

아내와의 첫 만남

나와 아내의 인연은 아내 나이 6살쯤 시작되었다. 나와 아내는 한 동네에 나서 함께 자라며 함께 생활하며 커왔다.

지금은 이름이 없어졌지만 나는 '고랑물'(골이 깊다 하여 붙여진 동네 이름)이란 외딴 곳에 살았고 아내는 우리 집과 동네 사이의 중간쯤에 살았다. 나와 마찬가지로 아내 역시 아버지를 일찍 잃고 어머니(지금의 장모님)와 단둘이 살았고, 나는 고등학교 1학년 때 아버지를 잃고 어머니와 형제들과 같이 살고 있었다.

내가 사는 고랑물은 아무도 살지 않고 우리 가족만 사는 무섭고 외딴 곳이었다. 그래서 결국 우리 가족은 외진 고랑물을 떠나 고랑물과 동네 중간쯤, 그러니까 아내가 사는 곳 근처로 이사를 오게 되었다. 이것이 아내와 나의 끈끈한 인연의 시작이 될 줄이야 당시로선 누가 짐작이나 했으랴.

내가 어렸을 때는 전기불이 귀한 시절이었다. 그래서 집에는 종재기불 하나 겨우 벽에 걸어놓고 생활을 했다. 그나마 형편이 나아져서는 자그마한 물레방아를 만들어 거기서 만들어지는 전기로 작은 전구불을 밝히기도 했다. 종재기불이든 전구불이든 그 하나로 온집안을 밝히기엔 터무니없이 부족했지만 그래도 나는 나의 유년시절이 참 행복했던 추억으로 또렷이 남아 있다.

아내가 6살, 나는 10살쯤 되었을 때였을 것이다. 그때도 아내는 동네에서 인기가 좋았다. 내 딸 수아처럼 그 당시 아내는 예쁘고 착한 부잣집 외동딸이었다. 그러나 그때만 해도 나는 아내를 같은 동네에 살고 있는 여동생으로만 생각했었다. 그러나 아내와 나 사이의 인연은 운명처럼 서서히 다가오고 있었다. 우연이 필연이 된 운명같은 인연이었다.

아내가 6살 때 처음 만났던 우리는 어릴 적 보고는 이후로 오랫동안 서로 보지 못하고 살아왔다. 그러다가 몇 년의 세월이 흐른 후 내가 이미 고등학교를 졸업했고 아내가 여고를 졸업할 무렵 겨우 다시 만나게 되었다.

설명을 하자면, 나는 고등학교를 좀더 큰 도시인 진주에서 다녔고, 아내는 고향에서 학교를 다니다보니 아내와 나는 서로 마주치거나 서로를 볼 수 있는 시간 자체가 없었던 것이다.

그 시절로 보면 내가 진주에서 고등학교를 다닌 것은 농촌에서는 대단한 행운이며 행복한 일이었다.

우리 동네는 지리산 첩첩산중 골짝이기에 먹고 살기가 힘이 들었다. 사실 동네 사람들은 실제로는 산을 밭으로 일구어 먹고 살던, 화전민의 후손들이 대부분이었다. 먹을 것이 귀해 쌀이나 보리가 아니라 고구마나 감자가 주식이었다.

그랬던 당시로서는 자식이 공부를 잘해 공고나 상고를 택해 외지로 나가서 공부를 하고 고등학교를 졸업하고 번듯한 직장에 취직을 하면 부모들은 자식이 최고의 출세를 한 것으로 여기던 시절이었다.

지금은 이곳 하동이 전국적인 관광지가 되어서 다들 어려움을 잘 못 느끼지만 그 시절은 정말 어려운 시절이었다. 나 역시도 돈 때문에 학교를 다니지 말라고 어머니가 내 책가방을 부엌 아궁이에 넣고 태워버린 적이 한두 번이 아니었다.

부모가 자식의 책가방을 태우다니? 지금처럼 자식 교육에 목숨을 거는 부모들이 대부분인 시대에는 상상이 안 되는 일이지만, 그 당시에는 그랬다. 당시로서는 자식이 하루라도 빨리 남의 집에 머슴이나 식모로라도 들어가서 밥 먹는 입 하나라도 줄여주는 것이 효도였다. 보릿고개가 먼 옛날의 동화가 아니라 현실인 시절이었고, 밥을 못 먹어서 굶거나 영양실조로 병들어 죽는 아이들도 있던 시절이었다. 지금은 상상이 안 되겠지만 그때는 그런 것은 너무나 흔한 일상이었다.

고등학교를 졸업한다는 것이 지금으로 따지면 대학원을 졸업하는 것보다 더 어려웠던 그 시절, 그렇게 어렵사리 고등학교를 졸업하고 나는 취직을 해서 직장을 잘 다니고 있었다. 그런데 그런 자식이 잘 다니던 직장을 때려치우고 농사나 지으면서 대학을 가야겠다고 고향으로 발길을 돌렸으니 내 어머니의 속은 오죽 시커멓게 탔을 것인가.

지금 생각해도 나는 그리 썩 효자는 아니었던 것 같다. 어머니가 공부하지 말라면 기를 써서 공부하더니, 그렇게 공부해서 좋은 직장을 잡은 뒤에는 그 좋은 직장을 금방 때려치우고 농사나 짓겠다고 했으니 어머님도 기가 막혔을 것이다.

그럴 무렵이었다, 내 운명이자 내 전부인 아내를 다시 만나게 된 것은.

그 무렵 나는 대학을 다니겠다고 재수를 하면서 집에 내려와 농사일을 돕고 있었다. 그런데 어느 날 내 여동생들과 친하게 지내던 아내가 우리 집에 놀러를 오게 된 것이다 .

그런데 여기에서 운명의 장난이 일어나고야 만다. 나는 지금의 아내를 6살 때나 보고 커서는 그때 처음 만난 것이었다. 그래서 너무 반가운 나머지, 어렸을 때 기억만 하고 이미 다 큰 숙녀티가 나던 아내를 어린애 취급하면서 "너 어떻게 여기 왔니?" 하면서 아무 생각 없이 아내의 엉덩이를 발길로 장난삼아 한 대 차버렸다. 그런데 이것이 아내와 나의 인연의 시작이 될 줄이야 꿈엔들 생각을 했으랴.

다 큰 처녀애의 엉덩이를 발로 차니 아내는 당연히 삐쳐서 자기 집으로 돌아가버렸고, 그때서야 뒤늦게 내 실수를 깨닫게 되었다. 그래서 나는 너무 미안해서 아내에게 사과를 하러 아내의 집으로 찾아갔는데, 그때 아내의 모습이 얼마나 예뻤던지 지금도 뇌리에 깊이 박혀 잊혀지지 않는다.

아내도 십몇 년 만에 동네 오빠를 만난다는 설레는 마음으로 우리 집에 놀러왔을 터인데, 그 동네 오빠가 남사스럽게도 보자마자 냅다 엉덩이를 걷어차 버렸으니 아내로선 얼마나 속상하고 억울했을 것인가. 아내의 마음은 충분히 이해가 되고도 남는다.

어쨌든 사과하러 간 나를 바라보는 아내의 뾰로통하게 토라진 눈빛은 너무 너무 예쁘고 사랑스러웠다. 억울하기도 하고, 창피하기도 하고, 반갑기도 하고… 그 모든 감정이 아내의 눈빛에 모두 실려 있었다.

아무튼 나는 그날 손이 발이 되도록 아내에게 빌었다. 억울해서 눈물이 글썽글썽거리는 눈빛이면서도, 손이 발이 되도록 잘못했다고 빌고 있는 내 모습을, 한편으론 고소하고 통쾌해하던 아내의 그 눈빛. 아내의 눈빛 속에는 분명 나를 향한 반가운 마음이 깃들어 있었다. 그 마음이 당시의 아내를 그렇게 보석처럼 빛나 보이게 만들었을 것이다.

지금도 나는 아내와의 만남이 결코 우연이 아닌 운명이라고 생각한다. 수많은 사람들 중에 아내와 내가 이렇게 만났다는 것은 신의 축복이었다. 그래서 이렇게 서로 사랑할 수 있다는 것 자체가 행복하며 지금도 늘 신께 감사할 따름이다.

그렇게 장난처럼 시작했다가 운명처럼 아내와 나는 만났다. 서로 아무 말없이 얼굴만 바라보고 있어도 좋았다. 우리들이 잡은 인연의 밧줄들을 다시는 놓치고 싶지 않아서, 함께 있는 시간들이 너무 너무 소중하고 행복해서 아내와 나는 틈만 나면 시간을 내서 만나고, 만나지 못하는 시간에는 그리움을 담은 편지를 썼다.

서로 만나지 못하는 날, 우리는 사랑의 편지를 주고받았다. 동네사람들의 매서운 눈초리와 장모님의 눈을 피해서 우리는 미리 정해놓은 벚꽃나무 밑에 숨겨 놓는 방법으로 편지를 주고받았다. 우체국을 이용하면 우리들의 사랑이 쉽게 탄로날 수 있기에 우리는 철저하게 보안을 유지했다. 그 시절에는 젊은 처녀 총각이 연애한다고 소문이 나면 그 동네에서는 살 수가 없었기 때문이었다.

이렇듯 아내와 나는 염소에게 꼴을 먹이러 다니면서 사람들의 눈초리를 피해 개울이나 산으로 다니며 사랑을 키워갔다. 두 집 다 염소를 기르고 있었기 때문에 전날 만났을 때 내일은 언제쯤 어디서 만날 것인가를 대충 정해놓고, 한 사람이 30분에서 1시간 정도 먼저 나가면 나머지 사람이 그보다 좀 더 늦게 나가는 방법으로 사람들의 눈길을 피해 만났던 것이다.

이렇게 사랑은 점점 깊어갔다. 그래서 1년쯤 지난 뒤부터는 작은 가방에 라면과 군용 반합을 가지고 다니면서 개울이나 깊은 산속에서 라면을 끓여서 사람들 몰래 같이 먹기도 했다. 꿀맛이었다. 지금 돌아봐도 정말 소박하지만 행복한 나날들이었다.

이렇게 소박한 사랑을 키워가던 어느 날, 아내가 집을 떠나 여행 한번 가보자고 먼저 제안을 해왔다. 그래서 처음으로 생각한 여행지가 여수 오동도였다.

그러나 막상 여행을 가려고 하니 돈이 없었다. 고민 끝에 내가 마지막 생각한 최후의 카드는 집에서 기르던 누렁이를 파는 것이었다. 내가 아끼고 정도 든 개였지만 그래도 내게는 아내와의 여행이 더 소중했다. 그래서 어머니 모르게 개를 팔아 여행경비를 마련했고, 아내와 나는 드디어 여수로 여행을 떠나게 되었다.

여수로 처음 여행을 떠나는 마음은 이루 말할 수가 없었다. 연인간의 사랑과 낭만을 확인시켜주는 시간이었다.

아침 일찍 아내는 김밥을 싸고 나는 여행자금을 마련해 여수로 떠났다. 혹시 장모님께 들키면 어쩌나 하는 조바심에 무엇 하나 마음 편하지 않지만 그래도 아내와 처음 떠나는 여행이라 그 기쁨과 행복은 이루 말할 수 없었다.

장모님은 오일장에서 장사를 하셨기 때문에 장날만 되면 아침 일찍 장에 갔다 오후 늦게야 집에 돌아오셨다. 우리는 이런 집안 사정을 잘 알고 있기에 장모님이 장에 갔다 집에 오시기 전에 반드시 집으로 다시 돌아와야 했다. 그래서 철저하게 준비를 하여 집을 떠났고 여수에서 정말 꿈같은 시간을 보내고 집으로 돌아왔다.

여행을 마치고 집에 오니 장모님은 아직 오지 않은 상태였다. 마음이 놓였다. 그러나 그것도 잠시뿐. 우리 집 개가 없어진 것을 알고 어머님이 개를 찾기 시작한 것이다. 동네방네 묻고 다니는 어머님께 내가 개 판 사실을 이야기하면 우리의 여행이 탄로날 것이고, 만약 우리 어머니가 알게 되면 당장 장모님이 알게 될테니 큰일이 난 것이다.

누렁이가 어데 갔냐며, 어머니는 집에서도 찾고 동네마다 다니며 누렁이를 찾느라 야단법석이었다. 바른대로 말을 하면 큰일날 것이고, 나는 할 수 없이 어머님께 "우리 집 누렁이가 옆동네 수캐를 따라갔다"고 거짓말을 했다. 그러자 어머님도 마침내는 누렁이 찾는 것을 포기하셨다.

그러나 그 거짓말도 얼마 가지 못했다. 내가 누렁이를 파는 걸 본 동네사람이 우리 어머니에게 가르쳐 주고 만 것이다.

비록 누렁이를 팔아먹은 것은 들통이 났으나 누렁이 판 돈으로 아내와 내가 여수로 여행을 갔다는 사실만은 꼭꼭 숨겨야 했다. 요즘 같으면 용돈을 모아 여행경비로 썼거나 아르바이트를 해서라도 돈을 모았겠지만, 당시만 해도 모두들 가난하고 힘든 시기라 집안에 현금이 넉넉히 있는 집은 드물었다. 그래서 한 집안에서 자식 하나를 대학에 보내려면 소를 팔아 현금을 마련해야 해서 자식 대학 공부시키려면 '우골탑'을 쌓아야 한다는 말이 있을 정도였다. 아내와의 첫 여행 경비 마련을 위해 집에서 기르던 누렁이를 판 것도 당시의 그런 사정 때문이었다.

아무튼 누렁이를 팔아먹은 것 때문에 한바탕 소동이 일어나기도 했지만, 그래도 그 덕분에 아내와 나는 평생 추억에 남을 첫 여행을 다녀올 수 있게 되었다. 이런 일들을 겪으면서 아내와 나의 신뢰는 더욱 단단해지고 우리의 사랑은 점점 깊어만 갔다.

비록 누렁이 판 게 들켜서 어머님께 많이 혼나기는 했지만, 그래도

장모님의 의심의 눈초리를 피할 수 있었으니 감사한 일이었다. 이런 일들이 없었다면, 아내와 내가 지금처럼 서로를 완벽하게 이해할 수 없었을지도 모른다.

아내와 나는 아내가 6살 꼬마아이일 때 처음 만났다. 그리고 10여 년이 지난 뒤 반가운 마음에 장난으로 다 큰 숙녀의 엉덩이를 발로 찼던 것을 시작으로 해서, 집에서 기르던 개까지 팔아 첫 여행을 다녀오는 등 아내와 나 사이에 둘만의 추억을 하나둘씩 차곡차곡 쌓아갔다.

그렇게 우리의 사랑은 점점 단단해지고 있었다.

사랑 때문에 잃어버린(?) 염소

장모님은 화개장날이나 구례장날은 빠짐없이 장에 가셨다. 그랬기 때문에 나는 장날마다 아내와 서로 만나곤 했다. 나는 화개장날과 구례장날이 매일 같이 기다려졌다. 장날이면 아내를 만날 수 있기 때문이다.

아내 집과 우리 집은 서로 염소를 기르고 있었기 때문에 염소 풀을 먹이러 가려면 산이나 냇가로 가야 했다. 우리는 서로 염소 풀 먹이는 장소를 미리 정해놓고 서로 집을 나서는 시간대를 다르게 하여 만나곤 했다. 왜냐하면, 둘이 같이 나가면 동네 사람들이 다 보기 때문에 우리는 동네사람들의 눈을 피해서 염소 풀을 먹일 수밖에 없었다.

아내와 나는 서로를 그리워하고 못 다 한 사랑을 가슴에 묻고 서로 보고 싶어서 해가 지고 어둠이 밀려오면 일부러 염소를 몰러나갔다. 그래야 사람들이 우리를 볼 수가 없어서였다. 그래서 염소를 집에서 멀리 떨어진 곳에 매어 놓고 오다보니 가끔씩은 염소를 야외에 매어 놓고 바깥에서 잠을 재운 적도 있었다.

그러던 어느 날 염소를 몰러나갔다가 그날도 염소를 밖에다 매어 두고 집에 돌아왔는데 누군가 염소를 훔쳐가 버린 일이 생겼다. 큰일이 난 것이다. 장모님이 염소를 잃어버린 사실을 알게 되면 아내는 크게 혼쭐이 나게 생겼다.

얼마나 마음이 조급했던지 나는 우리 집 염소를 아내 집에 대신 데리고 가게 하였다. 아내가 혼나는 일을 두고볼 수만은 없는 일이었다.

그런데 문제는 우리 집 염소가 없어진 사실을 알게 된 어머니가 우리 집 염소를 찾으러 다니는데 우리 집 염소가 장모님 댁에 버젓이 가 있는 것 아닌가.

어머니는 분명히 우리 집 염소 같기는 한데 확증이 없으니 대놓고 우리 집 염소라고 얘기를 못하고, 그냥 "이 집 염소가 왜 이리 우리 집 염소와 닮았노?" 하며 중얼대기만 하실 뿐이었다. 거기다가 장모님은 장모님대로 이 염소가 우리 집 염소인지 아닌지 구분도 못해서 두 분 다 벙어리 냉가슴 앓듯이 멀뚱멀뚱 염소 얼굴만 바라보실 뿐이었다.

까딱 잘못하면 두 분 어머님 사이에 내 염소네 아니네 큰 싸움까지도 벌어질 수 있는 상황이었다. 염소 한 마리를 사이에 두고 서로 바라보며 고개만 갸우뚱하시는 우리 어머니와 장모님의 표정이 범상치 않아 아내와 나는 멀리서 숨을 죽이고 바라만 보고 있었다.

사실, 장모님 댁 염소는 잘 먹어 털이 빤질빤질한데 반해 우리 집 염소는 못 먹어서 털이 북슬북슬하다는 것을 실제로 염소를 먹이고 있는 아내와 나는 잘 알고 있었다.

그러나 두 어머님이 서로 네 집 염소 내 집 염소를 구분하지 못하는 것이 우리에겐 천만다행이었다. 만약 두 분 중 한 분이라도 자기 집 염소를 제대로 구분하는 분이 계셨더라면 두 분 사이에 큰 싸움이 날 것은 불을 보듯 뻔한 일이었고, 그랬다면 아내와 나의 연애전선에도 큰 문제가 생길 수도 있었기 때문이다. 다행히 두 분이 염소를 서로 구분하지 못한 탓에 아내는 혼이 안 나고 그냥 넘어갔고 두 집안 사이에도 큰 싸움 없이 조용히 넘어가게 되었다.

하마터면 염소 한 마리 때문에 집안싸움이 나고 두 사람의 애정전선에 먹구름이 낄 수도 있는 위기를 무사히 넘기고, 이런 기회들을 통해 우리는 서로를 향한 마음을 더욱 깊이 알게 되었다. 염소를 먹이러 다니면서 우리는 사랑을 키워나갔고, 염소 한 마리 때문에 사랑에 위기를 맞이할 뻔도 하였으나, 바로 그 염소 한 마리 때문에 우리의 사랑은 더욱 깊고 단단해질 수 있었던 것이다.

너무 밝지도 슬프지도 않은 사랑, 이 아련한 사랑의 느낌처럼 아내와 나는 유달리 봄을 좋아 했다. 봄날 바람결에 흔들리며 맨발로 풀밭을 걷듯이, 잔잔하게 물 흐르듯이 사랑도 그렇게 흘러가기에 우리는 봄을 더 좋아하는지도 모른다.

특히 지리산 중에서도 화개골은 정말 신이 주신 축복의 땅이다. 내가 태어난 고향이라서가 아니라 정말 좋은 곳이다. 이런 봄이 되면 가지가지에 새로운 움이 트기 시작하고 지리산 산천이 연두색으로 물든다. 그러면 나도 모르게 가슴이 쿵쾅거리고 괜한 설레임에 지리산 골짜기와 산등성이들이 그림 속의 무릉도원으로 변화되니 말이다. 이 모든 것이 사랑의 힘이었으리라. 사랑이 사물을 바라보는 우리들의 눈조차도 바꿔놓았기 때문이리라.

지리산 화개동천 계곡과 바위에 샘물이 솟고 살짝 금간 바위틈에 꽃이 피듯, 우리의 사랑도 나날이 예쁘게 영글어가고 있었다. 그곳은 아마도 신이 우리에게 내린 특별한 축복이었을지도 모른다.

사랑하는 날들은 아름다웠다. 봄꽃의 은은한 향기가 온 산천에서 흩어져 나와 우리의 사랑을 더욱 향기 나게 만들어주었고, 죽음의 절벽에 붙어사는 난초석곡의 꽃향기는 우리들의 사랑을 더욱 진하게 향기롭게 우리의 마음을 채워주었다. 사랑은 모든 것을 아름답게 변화시켰다. 사랑이 있어서 천지만물은 모두 아름다웠다.

모진 풍파를 다 견디고 일어선 한 떨기 꽃처럼 수많은 세파를 겪으며 사랑을 꽃피우는 우리들 사랑이 세상 모든 것들을 멋지게 변화시켰다.

우리가 사랑할 때, 세상은 온통 봄날이었다.

자연의 아름다움을 벗 삼아 아내와 나는 곡괭이와 망태 하나 메고 지리산 온 산천을 누비며 약초도 캐고 돌배도 따고 돌 복숭아 따가지고 정성으로 술을 담그고 한방차를 만들었다.

아내와 나는 직접 손수 빚은 술, 한방차로 손님을 접대할 때면 어찌 그리도 즐거웠는지 모른다. 이런 맛과 멋 때문에 우리는 피곤함을 무릅쓰고 산으로 들로 다니면서 신비에 가까운 자연을 바라보고 약초들을 채취하였다.

그러다가 산 너울 고운 빛 되어 땅거미 질 때면 연두빛 혹은 보랏빛 봉우리로 색색이 옷을 갈아입는 지리산 남부능선 봉우리에 햇살이 걸려 만들어내는 산 너울은 누구도 흉내낼 수 없는 신의 예술 작품이었다.

이런 지리산의 풍광에 흠뻑 빠져 발길이 늦어질 때면 살쾡이가 우리의 사랑이 부러운지 우리에게 흙을 퍼날리며 방해를 하기도 했고, 그럴 때면 우리는 무서움과 두려움에 머리카락이 하늘을 향해 곤두서기도 하였다.

그래도 나는 내가 남자라는 이유로 아내가 겁먹지 않게 큰소리로 살쾡이를 나무라기도 했다. 그러면 살쾡이는 잠시 도망갔다가 슬그머니 다시 나타나곤 했다. 우리는 사랑이란 단어 하나 때문에 무섭고 겁나는 줄 모르고 산천을 헤매고 다녔다. 생각해보면 부족한 것들도 많았지만 부족하면 부족한대로 더욱 사랑스러웠던 그 시절이 너무나 아름다운 추억으로 남아 있다.

어르신들 이야기를 들어보면 지리산 골짜기는 옛날에 호랑이가 살던 곳이라고도 한다. 그러나 아내와 나는 다래열매를 따느라 무서움도 무릅쓰고 숲속을 헤매 다녔다. 그러다가 우리들 인기척에 멧돼지나 고라니가 도망을 가면 아내와 나도 덩달아 깜짝 놀라기도 하였다. 땀을 뻘뻘 흘리며 가파른 산길과 나무숲을 헤치다 넘어지고 굴러도 다래를 한 걸망 잔뜩 따야만 집으로 오던 우리. 어쩌면 이게 사랑의 힘이었는지도 모른다.

돌이켜보면 참 아름다운 시절이었다.

금 브로치와 마이마이 대소동

　하루는 아내와 내가 염소 풀을 먹이기 위해 염소를 멀리 매어놓고 늦게 집에 왔는데 장모님 댁에 도둑이 들었다. 그런데 하필이면 도둑이 장롱 속에 숨겨둔 장모님의 금나비 브로치를 훔쳐 간 게 아닌가.

　그런데 이로 인해 참으로 웃기지도 않은 일이 벌어졌다. 장모님 댁은 평소에 정문의 방문은 자물쇠로 잠가놓고 부엌의 샛문만 돌쩌귀 박은 문고리에 숟가락을 걸어 잠가놓곤 했는데, 하필이면 도둑이 이 샛문을 열고 들어와서 장롱 속에 깊이 숨겨둔 금 브로치를 훔쳐간 것이다.

　그런데 장모님께서 이 사실을 알고, 사위 될 놈이 도둑질을 했다고 얼마나 아내를 닥달하고 보채는지 아내 얼굴이 말이 아니었다.

　그도 그럴 것이, 이 샛문을 열고 들어갈 수 있는 사람은 장모님 댁 내부사정을 잘 알고 있는 사람뿐이었기 때문이다. 그래서 부엌으로 들어가 돌쩌귀 문고리에 박혀있는 숟가락을 빼고 방으로 들어가서 장롱 속에 숨겨놓은 금 브로치를 훔쳐갈 수 있는 사람은 나밖에 없다고 장모님이 나를 의심하시게 된 것이다.

　도둑이 들 당시 아내와 나는 염소 풀을 뜯기며 둘이 같이 있었는데 장모님은 어떻게 내가 가지고 갔다고 의심을 하는지 나는 정말 미치고 환장할 노릇이었다. 오죽하면 나는 '장모님이 딸을 내게 시집보내지 않으려고 일부러 자작극을 벌인 뒤 나를 도둑으로 모는 게 아닌가? 하는 의심을 하게 될 정도였다.

장모님은 나를 도둑으로 의심하고 나는 장모님을 자작극으로 의심하고…, 서로가 서로를 의심하는 힘든 상황이 계속되었다. 그래서 결국 나는 내가 도둑으로 몰리더라도 사랑하는 아내를 얻기 위해서는 모든 고난과 고통을 감수해야 한다고 여기며 참기로 했다. 만약 여기서 잘못되면 장모님이 나와 아내의 결혼을 허락 안하실 것이고, 그렇게 되면 내게는 더 큰 고통이 따를 것이기 때문이었다.

나는 장모님 마음을 얻기 위해서는 무슨 일이든 시키는 대로 해야 했고, 어떤 고통이든 참아야 한다고 결심했다. 사랑하는 아내를 얻기 위해서는 무슨 고통이든 그 고통이 시간이 지나 자연스럽게 치유될 때까지 참아야만 했다.

이렇게 참고 견디는 순간들이 있었기에 지금의 아내를 얻었다. 만약 당시에 내가 내 생각만 하고 내 고집대로 했다면 우리들의 사랑은 벌써 장독처럼 깨어졌을지도 모른다.

아내와의 사랑을 이루는 일은 이런 소동들을 불러왔고 나에게는 고통의 순간이었다. 그러나 불행은 홀로 오지 않는다고 했던가. 나를 괴롭힌 사건은 얼마 뒤 연거푸 일어났다.

우리의 사랑이 무르익어갈 때쯤 아내에게는 소원이 하나 있었다. 그것은 그때 그 시절이라면 누구나 하나쯤은 갖고 싶어했던 소형 카세트녹음기 마이마이를 갖는 것이었다.

나는 아내가 그렇게 갖고 싶어하는 마이마이 녹음기를 생일 선물로 사주기 위해 막노동을 하기로 결심했다. 그래서 나는 하루 일당 5,000원을 받고 내가 사는 동네인 화개골 칠불사에서 막일을 하기로 했다.

그 당시 막일 노동자 일당이 하루 3,000원 정도였는데 칠불사는 좀 더 힘든 일이라 임금을 더 쳐준다고 하는 것이다. 그래서 큰마음 먹고 보따리를 싸가지고 노동 현장으로 갔다.

약 한 달 정도 일하여 150,000원을 받아가지고 사랑하는 아내에게 녹음기를 사주기 위해 부푼 꿈을 가지고 집으로 발걸음을 옮겼다.

그런데 술에 취한 낯선 사람과 내 친구가 시비가 붙어 싸움이 벌어지고 말았다. 그 당시에는 나도 젊음의 혈기가 과한 탓이었는지, 친구와의 의리 때문이었는지 몰라도, 그냥 지나쳐도 될 일이었는데 그래도 친구라고 싸움을 말리고 보았다.

결국 그 싸움 때문에 우리는 모두 경찰로 연행되었고, 느닷없이 친구와 나는 합의금으로 각각 20만 원이란 거금을 물어주어야 하는 신

세가 되고 만 것이다. 잘못한 것도 없이 속수무책으로 당하고보니 분하고 원통한 감정에, 어디 가서 말도 못하고 속만 썩었다. 그러나 어떻게 할 수 없는 게 현실이었다. 내가 잘못했다면 억울하지나 않을 텐데, 나는 싸움을 말린 죄밖에 없는데 나도 덩달아 공범으로 몰려 한 달 넘게 고생해서 번 돈을 합의금으로 물게 된 것이다.

이 일에 대해 아내에게 어떻게 말해야 될지 생각도 나지 않았다. 눈앞이 깜깜했다. 그 당시 아내가 마이마이 녹음기를 얼마나 갖고 싶어하는지 나는 잘 알고 있었다. 그래서 어떻게 해서라도 아내에게 그 녹음기를 사주고 싶어서 그렇게 고생했는데 모든 게 하루아침에 물거품이 되고 말았으니 말이다.

결국 나는 아내에게 마이마이 녹음기를 사주기 위해 다른 방법을 택하게 되었다.

그 당시 장모님은 하동장날이나 구례장날 등 장터에서 보따리 장사를 하고 있었다. 그래서 종종 나는 장모님의 바쁜 일손을 도와주며 심부름도 하고 장사도 거들곤 했었다. 장모님께 잘 보여야 아내의 마음고생도 덜어주고 아내와 결혼하는 일도 손쉬워지기 때문에 내가 좀 힘들고 괴롭더라도 장모님의 눈에 들기 위해 사서 고생을 한 것이다.

그래서 이렇게 장모님의 일손을 돕다보니 어느 정도 신뢰를 얻게 되었다. 그래서 장모님의 장사 물건을 내 재량껏 사기도 하고 팔기도

하다 보니 알게 모르게 내 손에 떨어지는 콩고물들이 좀 생기게 되었다. 말이 좋아 콩고물이지 쉽게 말하면 삥땅을 치는 거였다.

이렇게 장모님의 장사 일을 도와드리면서, 물건을 살 때 더 깎은 돈도 모으고, 좀 많이 판 날은 많이 남긴 이익 중에서 조금 떼내고… 이런 식으로 한푼 두푼 모아서 결국은 아내에게 소형카세트 마이마이를 사줄 수 있었다.

생각해보면 참 우스운 일이다. 내가 훔치지도 않았던 금 브로치는 난데없이 내가 훔친 것으로 장모님에게 억울하게 오해를 받았고, 나중에는 장모님이 나를 신뢰해서 장사 일을 맡겼더니 당신 딸 생일선물 사준다고 사위 될 놈이 장모님 몰래 삥땅을 쳤으니 말이다.

하지도 않은 일은 내가 한 것으로 오해를 받고, 정작 장모님을 속여 삥땅친 일은 장모님은 모르고 그냥 넘어갔으니, 세상일이란 게 이렇게 참 아이러니하다.

어쩌면 장모님도 알고 계시면서 눈을 감아주었는지도 모른다. 그전에 나를 도둑놈 취급한 것에 대한 미안함의 표시였을 수도 있고, 아무 대가 없이 장모님 장사 일을 도와드리는데 그 정도는 품삯이라 생각하고 눈감아주기로 하셨던 것인지도 모른다. 그렇다고 내가 먼저 나서서 "장모님, 제가 삥땅친 거 왜 눈감아주셨어요?" 하고 먼저 물어볼 수도 없는 노릇이니, 그냥 그러셨으려니 하고 미루어 짐작하는 수밖에….

아내와의 사랑을 이루는 일은 이렇게 우여곡절도 많고 참으로 파란만장하였다. 도둑으로도 몰리고, 한 달 고생해 번 돈을 하루아침에 날려버리기도 하고, 장모님을 몰래 속여 삥땅도 치고….

사랑이란 게 원래 그런 것이다. 겉으로 보기에는 아름다운 꽃처럼 화려하지만 그 꽃을 아름답게 꽃피우기 위해서는 비바람도 맞고 병충해와도 싸워야 한다. 백조가 물 위에서 여유롭게 수영을 하는 게 보기에는 아름다운 풍경이지만, 그 백조는 정작 물속에서 수없이 물갈퀴를 움직이며 수영을 해야 물 위를 아름답게 떠다닐 수 있는 것처럼.

아내와 나의 사랑도 그러하였다. 때로는 무고하게 도둑으로 몰리고, 때로는 막노동도 하고, 때로는 억울하게 합의금도 물고, 때로는 장모님을 속이기도 하는 그 수많은 소동들을 겪으면서 키워왔기에 더욱 소중한 사랑이 아니겠는가.

하얀 소복 입은 처녀귀신을 만나다!

이런 저런 소동들을 겪으면서도 아내와 나는 하루하루 사랑을 키워나갔다. 아내와 나는 혹독한 겨울 한밤중에도 염소를 몰러 가곤 했다. 겨울이라고 염소가 꼴을 안 먹는 것은 아니기 때문이다.

그런데 우리가 염소를 몰러 다니는 길 중에 계원마을 입구에는 옛날부터 깊은 바위굴이 있었다. 이 바위 입구에서 불을 지피면 지리산 피아골 쪽에서 연기가 난다는 말이 있을 정도로 아주 무섭고 음침한 굴이었다. 그러다 보니 거기는 사람들의 인기척도 드문 곳이었다.

그런데 하루는 이곳 주위에 장모님께서 염소를 매워두신 뒤에 한밤중이 다 되어 우리더러 염소가 추우니 가서 염소를 몰고 집으로 데려오라는 말씀을 하셨다.

그런데 그곳은 정말 밤에는 가고 싶지 않은 곳이었다, 그래서 아침에 가면 안 되냐고 여쭈어 보니 장모님은 "너거들 같으면 이 추운 겨울에 밖에서 잘 수 있나"고 야단을 치면서 기어이 염소를 몰고 집으로 오라는 것이었다.

결국 나는 아내를 데리고 같이 염소를 몰러 가기로 했다. 그래도 어쩌면 이것이 우리가 서로 얼굴을 자유롭게 볼 수 있는 유일한 기회이니 참아보기로 했다. 서로 만나고 싶고 보고 싶은 마음 때문에 한겨울 한밤중에 염소를 몰러 나가기는 하지만 나도 모르게 무서움이 몰려왔다.

무서움을 떨쳐내기 위해 일부러 소리도 내보고 헛기침도 하면서 우리는 길을 걷기 시작했다. 지금이야 가로등도 군데군데 있고 자동차도 많이 다니지만 그 당시는 전혀 불빛 하나 구경하기도 어려운 시절이었다. 한겨울에는 9시경이면 이미 암흑처럼 깜깜한 밤이었다.

겨우겨우 염소 있는 곳 가까이에 가보니 어설픈 달빛이 먹구름 속에 보였다 사라졌다 하면서 뭔가 음침하고 스산한 기운이 무섭게 칼바람을 일으키며 스쳐 지나갔다. 한기 때문이 아니더라도 온몸에 소름이 끼칠 정도였다. 게다가 하필이면 왜 장모님은 염소를 그 무서운 동굴 바로 앞에 매어 두셨는지….

나와 아내가 두려운 마음을 추스리고 염소를 몰고 나오려는데, 동굴 속에서 하얀 소복을 입고 머리를 풀어헤친 여인이 달빛에 언뜻 보이는 게 아닌가! 정말 심장마비로 죽는 줄 알았다.

아내와 나는 서로를 부둥켜안고 까무러치게 소리를 질렀다. 우리가 그렇게 비명과 고함을 치니 동굴 안에 있던 귀신도 놀랐는지 동굴에서 엉금엉금 기어서 밖으로 나오는 게 아닌가.

이건 공포영화가 따로 없었다. 우리는 혼비백산하여 염소고 뭐고 다 내팽개치고 서로 손만 잡고 달아나려고 했다.

그런데 알고 보니 그 여인은 귀신이 아니라 다행히도 사람이었다.

나중에 겨우 한숨 돌리고 알아 보니 자식이 없어 자식을 얻기 위해 동굴 속에서 기도를 드리고 있는 중이라고 했다. 그러나 겨울 한밤중에 그 무서운 동굴에서 누가 지성기도를 드리고 있을 거라고 생각이나 했겠는가. 우리야 당연히 귀신인 줄만 알았을 뿐.

그때 얼마나 무섭고 겁에 질렸던지 그때의 기억이 생생해서 그곳은 지금도 쳐다보기 싫은 곳이다. 그때 그 여인이 사람이었으니 망정이지 진짜 귀신이었다면 지금쯤 아내와 나는 이 세상 사람이 아니었을지도 모른다.

아내와의 사랑을 위해서는 귀찮은 것도 마다않고 아무리 늦은 밤에도 어디든지 가야 했다. 아내와 결혼하기 위해서는 나 하나쯤 희생하면서 장모님 마음을 사야 되기 때문에 그런 고통쯤은 당연히 참아내야 했다. 서로를 향한 사랑이 없었다면 불가능했을 일이었다.

평온한 사랑을 위해서는 서로의 상처를 감싸주며 위로해주고 품어주는 사랑이 필요하다. 우리에게는 그런 사랑이 있었다. 그런 애틋한 사랑이 있었기에 지금의 아내와 내가 있는 게 아니겠는가. 그래서 아직도 아내와 나는 곡괭이와 걸망을 메고 들로 산으로 달리던 연애시절을 그리워하는지도 모른다.

요즘도 내가 아슬아슬한 죽음의 바위에 밧줄을 매달고 석란을 딸 때면 아내는 밑에서 혹시나 하며 조마조마한 마음으로 나를 지켜보곤 한다. 나는 그런 아내를 볼 때마다 더욱 조심스러운 마음과 몸가짐으로 바위에 매달려서 나 자신을 지킨다. 아내를 향한 무언의 약속인 셈이다.

보면 볼수록 더 아름답고 어여쁜 나의 아내.

나는 지금도 아내를 바라볼 때면 참으로 우리가 살아온 인생이 현실인지 꿈인지 몰라 새삼스러울 때가 있다. 아내와 내가 함께 살아오는 동안, 기억하기조차 싫은 순간도 있었고, 고통과 절망의 시간도 많았지만, 우리 앞에 맺혔던 그 한 많은 매듭들을 우리는 언제나 우리의 사랑으로 함께 풀어나갔다.

한겨울 매서운 찬바람이 불 때, 지리산 추운 골짜기에도 곧 봄이 올 것이고, 봄이 되면 복사꽃 피는 계곡서 바람소리 새소리 벗 삼아 아내와 나의 사랑을 꽃 피울 날이 오리란 희망이 있었다.

아무리 힘든 시기가 와도 우리는 서로가 있어 힘이 되고, 위안이 되고, 희망이 되었다.

아내와 나는 서로에게 희망이었다.

초짜 부부의 좌충우돌 신혼기

이런 저런 우여곡절과 힘든 시기를 참고 견뎌내었기에 아내와 나는 드디어 결혼을 할 수 있었다.

아내와 나는 결혼식도 우리가 원하는 방식대로 치르고 신혼여행도 우리가 원하는 방식으로 떠나기로 했다.

그래서 우리들의 신혼여행은 결혼식이 끝난 지 2주 후에 떠나기로 했다. 우리가 신혼여행을 떠나면 장모님이 혼자 계셔야 하기 때문에, 결혼식을 치르느라 이것저것 어지럽혀진 집도 청소하고 정리정돈을 모두 마친 후에야 신혼여행을 떠났다. 나름대로 장모님을 배려한 것이었고, 또 그래야만 우리의 마음이 편할 것같아서였다.

이것저것 정리를 끝낸 후, 우리는 충남 온양에 있는 도고온천으로 신혼여행을 떠나게 되었다. 그런데 아내나 나나 둘 다 지리산 골짜기의 시골에만 살다보니 한 번도 호텔을 가본 적이 없었다. 신혼여행 때문에 처음으로 호텔을 가본 것이다. 우리에게는 모든 것이 생소하고 신기했다. 그래서 나는 호텔에서 모든 것들이 신기해서 이것저것 만져 보기도 하고… 하는 짓이 딱 촌놈 그 자체였다.

하지만 뭐 어쩌랴, 실제 시골 촌놈이 난생처음 호텔에 가봤으니 이것저것 신기할 밖에.

드디어 밤이 되어서 아내와 잠을 청하게 되었는데 전등을 끄려고 하니 전등을 끄는 스위치가 없었다(아마도 어딘가에 스위치가 있었겠지만 내가 찾지 못한 것이리라). 나는 할 수 없이 팬티 바람으로 일어나 천장에 붙어있는 전구 알을 빼서 불을 껐다.

아마도 그 호텔 개업 이래로 스위치 못 찾아서 전구 알을 뺀 것은 내가 처음이었으리라. 남들이 생각할 때는 아무것도 아닌 것 같지만 촌에서 자라온 우리 부부가 처음으로 호텔이라는 곳을 갔으니 이렇게 전등을 끌 수밖에 없었다.

호텔에서 첫 숙박은 쉬우면서도 너무 어색했고 많이 어려웠다. 모든 것들을 손님들이 사용하기에 편하게 만들어 놓았으나 생전 처음 호텔 가본 촌놈들은 뭐가 뭔지 몰라 오히려 사용하기가 난감했다.

특히, 샴푸와 치약이 없어 어떻게 해야 될지를 몰랐다. 여관만 가도 샴푸나 치약은 넉넉하게 한 통씩 비치해놓는데, 비싼 돈 주고 간 호텔에 샴푸와 치약이 없으니 고약한 노릇이었다(나중에 안 것이지만 호텔에서는 샴푸와 치약도 일회용으로 포장해서 나온 것이었다. 시골 촌놈이 그걸 알 턱이 없고).

또 침대도 난생 처음 사용해보는 것인데 당췌 침대에 이불이 없는 것이었다. 그래서 호텔 카운터에다가 "침대에 이불이 없다. 이불 좀 가져다 달라"고 이야기를 했더니, 침대에 덮인 그게 바로 이불이라는 게 아닌가. 우리 생각 속에야 이불이라 하면 두툼하게 솜도 넣고 잘 누벼놓은 게 이불인데, 그렇게 달랑 천쪼가리 하나 있는 게 이불이라고 누가 생각이나 했겠는가.

냉장고 안에 음료수며 맥주며 먹을 것들이 가득 채워져 있었지만 우리는 호텔 냉장고에 있는 것은 다 돈 주고 먹어야 된다는 얘기를 어딘가에서 들은 적이 있어 아무 것도 꺼내 먹지도 못했다. 심지어는 그렇게 하룻밤을 지새운 우리 숙박비에 아침식사가 포함되어 있는데도 우리는 그것도 따로 돈을 내고 먹어야 하는 것으로 알고 비싼 돈 내고 호텔 밥을 먹기가 부담스러워 아침 일찍 호텔을 도망쳐 나오듯 빠져나오고 말았다. 시골에서 올라온 가난한 우리 부부에게는 호텔에서의 신혼 첫날밤은 즐거움이 아니라 고통과 괴로움 그 자체였다.

지금 생각하면 얼마나 우스꽝스러운 짓이었던지 생각할수록 부끄러운 일이기도 하지만, 돌이켜 생각해보면 신혼시절에나 있을 수 있는 아름다운 추억이 아닌가 싶다.

지금의 신혼여행은 다들 자동차를 손수 운전하며 다니지만 그 당시의 농촌에서는 자동차를 가지고 신혼여행을 다닌다는 것은 꿈에도 상상 못하는 일이었다. 그래서 당연히 우리는 신혼여행도 버스나 기차 등 대중교통을 이용할 수밖에 없었다.

둘째 날이 되어 서울로 가야 하는데, 촌놈 서울 한번 상경해보기가 장난이 아니었다. 어쩌면 나보다도 더 덩치가 큰 신혼여행 가방을 메고 물어물어, 어찌어찌해서 서울 가는 버스표는 무사히 끊었다.

그리고서 이제 겨우 숨을 돌리고 차를 타고 서울로 향하는데, 한눈에 딱 봐도 우리가 신혼부부이고 촌사람인 것을 알아챈 어떤 친절한 분이 말씀해주시기를 "버스 안에는 소매치기들이 많으니 조심하라"고 일러주었다.

이 소리를 들은 우리 부부는 그때부터 가슴 두근거리며 신혼여행 가방 사수하기에 나섰다. 전날 호텔에서 제대로 잠을 못 자 피곤함에 지쳐 있는데도 버스 안에서 마음 편히 졸지도 못하고 눈을 부릅떴다. 버스가 잠시 쉴 때도 휴게소에 쉬어갈 때도 사방을 경계하는 훈련소 초병 같은 모습으로 가방을 지키느라 화장실도 교대로 다녀올 정도였다.

어쨌거나 가방을 잃어버리는 일 없이 무사히 서울에 잘 도착해서, 어제 하룻밤 묵은 숙박비를 계산해보니 하루 만에 무려 20만원이나 나간 것을 발견했다. 우리는 신혼여행 경비로 총 80만원을 가지고 왔는데, 하룻밤에 20만원이라니 우리 부부에게는 큰 걱정거리가 아닐 수 없었다. 첫날 너무 많은 경비가 지출되었기 때문에 어처구니가 없었던 우리는 두 번 다시는 호텔이란 곳을 생각도 하기 싫었다.

이제부터는 신혼 경비를 줄이고 또 줄여서 절약하는 방법밖에 없었다. 그래서 둘째 날부터는 서울의 손위 처남댁에다 방을 잡아두고 서울의 이곳저곳을 구경하러 다녔다.

우리 부부에게 서울 구경과 신혼여행은 신기하고 설레임의 연속이었다. 우리는 행복하고 벅찬 신혼의 단꿈에 흠뻑 빠져서 열심히 신혼생활을 즐기고 있었다. 부부란 무엇이며 행복한 가정은 어떤 것인지에 대해 함께 머리를 맞대고 고민하고 기도하며 우리가 바라는 이상적인 결혼생활에 대한 꿈을 키워나갔다.

아내는 내가 처음으로 만난 여자이자 처음으로 사랑하게 된 사람이었다. 아내는 나의 첫사랑이자 마지막 사랑이었다. 나는 지금도 아내만 사랑하고 앞으로도 아내만을 영원히 사랑할 것이다. 나에게 마지막 소원이 있다면 그것은 나의 첫사랑인 아내를 변함없이 사랑하여 아내가 나의 영원한 사랑이 되는 것이다.

세상의 모든 사랑들은 다 위대하다. 세상에 아름답지 않은 사랑이 어디 있으랴. 지금 사랑에 빠진 사람들 중에 누구 하나 소중하고 특별하지 않은 사랑이 있으랴마는 나는 내 아내와의 사랑이 너무나 소중하고 특별하다.

아내와의 사랑에 실패했다면 나는 천추의 한이 되어 구천을 떠도는 영혼이 되었을지도 모른다. 처음으로 만난 여자를, 처음으로 사랑하게 되어, 그 사랑과 결혼하게 된 것은 어쩌면 신의 장난이었는지도 모른다. 그러나 나는 그것을 운명이라 부르고 싶다.

물론 나도 사람인지라 화가 나거나 하면 말다툼도 하고, 부부싸움도 하고, 정말 화가 났을 때는 헤어지자는 말을 한 적도 있다. 그러나 그런 말이 절대로 본심이 아닌 것은 나도 알고 아내가 더 잘 안다. 나는 한평생을 한 여자만을 사랑하도록 신이 장난을 부린 사람이고, 그것을 나의 행복한 운명으로 받아들인 사람이다.

장모님이 아내와 나의 결혼을 탐탁지 않게 생각한다는 것을 안 나는 술을 마시고 장모님 댁을 찾아가, 시위하듯 아내와의 결혼을 요청했다. 그런데 전혀 뜻밖에도 장모님은 어렵지 않게 아내와 나의 결혼을 승낙해주셨다.

그런데 문제는 결혼식 날짜를 보름 정도밖에 안 남기고 날짜를 잡으시는 바람에 우리는 보름 안에 결혼식을 치르느라 결혼 준비에 제정신이 아니었다. 갑작스럽게 장모님이 날을 잡아 통보하신 결혼 날

짜에 맞춰 결혼을 준비하느라, 나는 당황해서 아무 생각도 머리에 떠오르지 않았다. 그래서 아무것도 준비가 안 된 상태로 양복 하나 걸치고 허겁지겁 결혼식을 올려야만 했다.

그러나 만약 이때 결혼을 못하면 평생 아내와 결혼을 못할 수도 있다는 생각에, 나는 앞뒤 잴 것 없이 결혼을 준비했고, 보름밖에 시간을 안 준 장모님이 원망스럽기보다는 아내와의 결혼을 허락해주셨다는 사실 하나만으로도 감사 또 감사할 따름이었다.

혹시라도 장모님이 변심을 하면 아내와 결혼을 못할 수도 있다는 생각에 서둘러 결혼식을 준비하고 신혼여행도 다녀왔지만, 결혼은 꿈이 아니라 현실이었다. 제대로 준비를 안한 결혼은 처음 시작부터 여러 모로 불편하기 짝이 없었다.

결혼을 하긴 했지만 내게는 신접살림을 차릴 집은커녕, 아내와 내가 부부로서 살아갈 방 한 칸도 없었다. 그 전에는 무작정 아내와 결혼하고 싶었고, 결혼만 하면 모든 것을 다 가진 것처럼 생각했지만, 막상 결혼해보니 내가 가진 것은 없어도 너무 없었다. 막상 결혼은 했으나 신혼살림은 어떻게 차려야 할지, 나의 소중한 가정을 위해서 나는 무엇을 해야 할지 답답하고 두려운 마음이 앞섰다.

아내와 머리를 맞대고 고민한 끝에 나는 할 수 없이 장모님을 모시면서 처가집에서 함께 살기로 마음을 모으게 되었다.

처가집에는 방이 두 개 있었다. 방이라 해봐야 지금처럼 큰방이 아니고, 옛날 집이다보니 겨우 3평 정도 될까 말까 한 작은 방이었다. 장롱 하나 들여놓고 나니 아내와 내가 겨우 다리를 뻗고 잠을 잘 수 있는 정도의 공간만 남은 작은 방이었다.

우리는 결혼을 하자마자 기본적으로 필요한 물건이 한두 가지가 아니었지만 놔둘 데가 없어서도 장만을 못 했다. 가진 게 없고 준비 안 된 신혼살림이지만 그래도 우리가 쉬고 싶을 때 쉴 수 있는 공간이 있다는 자체만으로도 우리는 고맙고 늘 행복했다. 그나마 아내의 집이 잘 살았고 방이라도 한 칸이 남아 있어서 다행이었다. 만약 이마저도 없었더라면 우리는 오고갈 데도 없는 신세였기에 감사하며 그래도 우리는 축복받은 신혼생활이라고 생각했다.

그러나 결혼의 냉혹한 현실은 우리 부부에게도 어김없이 다가왔다. 처갓집의 방들은 아궁이에 불을 때어 구들을 덮히는 재래식 구들방이었다. 그래서 장모님이 계신 큰방 아궁이에 불을 지피면 그 온기가 큰방을 덮힌 후 그 다음에야 우리 방에 넘어왔기 때문에 우리 방은 늘 미지근했다. 게다가 겨울에는 문풍지 사이로 바람이 살결을 파고 들어왔다. 그래서 아내는 늘 추위에 오들오들 떨며 살아야만 했다.

그래도 처가살이라도 이게 어디냐며 나는 추운 겨울도 언젠가는 지나가고 따뜻한 봄이 오리라는 희망을 품고 긍정적으로 살았지만 아내는 불만이 많았다.

"겉보리 서 말만 있으면 처가살이는 하지 말아라"는 말이 있을 정도로 처가살이는 남자에게 힘든 일인 법이다. 그러나 나는 그 말이 무색하도록 장모님을 부모님처럼 모시고, 그래도 알콩달콩 신혼의 단꿈에 푹 빠져 살았다. 마치 성경에 나오는 모세가 미디안광야에서 이드로의 사위로 처가살이하면서 살듯이.

성경에 보면 처가살이 하는 사람들의 모습이 종종 나온다. 모세가 그랬고 야곱도 그랬다. 게다가 재미있는 것은 모세나 야곱 모두 처가 살이 할 동안에 양치기 노릇을 했다.

나도 신혼살림을 처가살이에서 시작했다. 앞에서도 여러 차례 이야기했듯이 우리의 연애는 염소 풀을 먹이러 이곳저곳 다니면서 사랑을 키워갔다. 그래서 동네 사람들은 우리를 잉꼬부부라 부르며 부러워하고 시샘했다.

"행운을 얻기 위해서는 행동하라"는 말이 있다. 나도 아내와의 결혼이라는 행운을 위해, 나름대로 최선을 다해 행동했다. 날마다 염소를 몰고 다니며 아내와의 사랑을 키웠고, 장모님 댁으로 쳐들어가 아내와 결혼하겠다고 공공연하게 아내와의 연애사실을 밝히기도 했다. 그리고 장모님이 결혼을 허락하시자 속전속결로 결혼식을 지렀고, 비록 처가살이긴 하지만 신혼살림도 차렸다.

옛말에 "용감한 자가 미인을 얻는다"고 했다. 나는 행동하여 행운을 잡았고, 행운이 왔을 때 그 행운을 용감하게 거머쥐었다.

그리하여 마침내 나는 미인을 내 영원한 동반자로 얻게 되었다.

아이들은 부모를 비추는 거울이다

아내와 결혼하기 전에 이런저런 우여곡절들이 많고 위기의 순간들도 많았다. 하지만, 실제 더 큰 위기는 결혼 이후에 찾아왔다.

나중에 자세한 이야기를 하겠지만, 아무 것도 모르는 상태에서 무턱대고 사업을 한답시고 사업에 뛰어들었다가 보증만 잔뜩 뒤집어쓰고 수억 원의 빚 때문에 빚더미에 올라앉아 정말 자살까지도 생각했던 때가 있었다. 비단 그때뿐만 아니라 지금까지 살아오는 동안 숱한 위기와 좌절의 순간들이 있었다.

그럴 때마다 내가 가장 먼저 생각하는 것은 아내와 아이들의 얼굴이다. "친구는 사랑이 끊이지 아니하고 형제는 위급한 때까지 위하여 나느니라"는 구약 잠언(17장 17절)의 말씀이 있다. 그렇다. 형제나 가족은 좋을 때만 함께하는 것이 아니라 위급한 때까지 함께하기 위해 존재하는 것이다.

나의 경우에는 더욱 그랬다. 정말 죽고 싶을 만큼 힘든 위기의 시기에 가족이 없었더라면 어떻게 그 모질고 고통스러운 순간을 견딜 수 있었을까. 다른 사람은 몰라도 정말 내게 있어서는 '가족은 나의 힘'이 되어 주었다. 사랑하는 아내가 있어서 위로가 되었고, 사랑하는 수아와 바울이 있어서 희망이 되었다.

나는 힘들 때마다 큰딸 수아와 아들 바울이의 얼굴을 들여다보곤 했다. 수아가 순천으로 대학을 가서 보기 힘들 때나, 바울이가 군에 입대해서 얼굴을 볼 수 없을 때에는 사진을 대신 꺼내서라도 아이들의 얼굴을 종종 들여다보곤 한다.

아이들의 얼굴에는 내가 지나온 모든 과거가 들어있고, 그리고 내가 가야 할 미래가 모두 깃들어 있다. 아이들은 언제나 나의 희망이었고 나의 존재 이유였다.

우리 집 수아와 바울이를 보면 참 엄마와 아빠를 많이도 닮았다. 어쩌면 아빠와 엄마의 어릴 때 모습을 그대로 빼닮았는지 너무 신기할 때가 많다.

수아는 글쓰기를 참 좋아한다. 그래서 대학도 순천대학교 문예창작과로 진학했다. 글쓰기를 좋아하는 것을 보면 엄마 아빠의 문학적 감수성을 그대로 물려받은 듯하여 참으로 뿌듯하다.

특히 수아는 여섯 살 때 교통사고를 당해 생명이 위독한 고비를 겨우 넘기고 살아났지만, 그 교통사고 후유증으로 아직도 다리를 제대로 쓰지 못해 생인손처럼 내 가슴을 아프게 한다.

수아는 어릴 때부터 몸이 불편했기 때문에 엄마 아빠가 좋은 곳으로 많이 데리고 다니지 못해 늘 미안하다. 그래도 이리도 번듯하게 자라주었고, 이제는 아빠가 저를 의지할 정도로 생각과 속이 깊은 아이로 성장해주었으니 신께 감사드릴 뿐이다.

아들 바울이는 제 누나와는 또 다르게 아주 활달하고 외향적인 편이다. 바울이는 어릴 때부터 우리 집 옆에 있는 개울에서 가재 잡기를 좋아했다. 그러다보니 바울이하고 아빠하고 둘이서만 우리 집 뒷동산에 올라갈 때가 많았다.

바울이와 둘이서 집을 나서면 언제 눈치를 챘는지 흰돌이(강아지)가 늘 앞장을 선다. 흰돌이는 세상 무서운 줄도 모르고 혓바닥을 한 발쯤 내밀며 쌕쌕거리며 먼저 앞장서서 달리기 시작한다. 그것도 모자라 날아가는 새를 잡으려고 발버둥치는 흰돌이를 보면서 바울이가 돌멩이 하나 주워서 멀리 던지면 흰돌이는 그게 짐승인 줄 알고 잡으려고 달려간다. 그 모습을 보면서 우리는 깔깔대며 멍청한 흰돌이라며 놀리기도 한다.

그렇게 산에서 놀다가 땀방울에 흠뻑 젖어 온몸이 땀범벅이 되면 바울이는 꼬챙이 하나 가지고 장단을 맞추며 듣지도 보지도 못한 노래를 부른다. 신이 난 바울이는 즉흥적으로 노랫말과 곡을 지어 즉흥곡을 부른다. 바울이의 노랫소리는 얼마나 즐거운지 나도 모르게 절로 흥이 난다.

아들 바울에게 나는 이렇게 말한다.

"누가 스스로 원해서 고난의 길을 가려고 하겠니? 우리가 많이 배우고 잘났으면 무엇 때문에 이런 곳에서 살겠니? 우리가 부족하기 때문에 이런 곳에서 사는 거야. 그러나 부족하면 부족한대로, 이런 산골이면 산골대로, 모두 하나님이 주신 복이 따로 있단다.

힘든 세상에서 행복하게 산다는 게 결코 쉬운 일은 아니야. 그러나 우리에게 주어진 삶이란 우리에게 주어진 선물이야. 누구도 자기에게 주어진 삶을 거부할 수 없어. 그래서 삶은 각본 없는 드라마, 재방송이 없는 생방송과도 같은 거란다.

그러니 사랑할 수 있을 때 사랑해야 해. 우리 자신의 삶과, 우리 가족, 그리고 우리 이웃을 피처럼 뜨겁게 사랑해야 해.

인생은 사랑만 하기에도 시간이 너무 짧아. 그러므로 너는 누군가를 미워하는 일에 시간을 낭비하지 말고, 누군가를 사랑하는 일에 시간을 투자하렴."

아들과 내가 친구가 되어 이런 이야기들을 속삭이다 보면 집에서 목청이 터져라 부르는 아내의 고함소리가 들려온다. 깜짝 놀라 집으로 달려왔는데, 집에 와서 보니 함께 마실 나갔던 흰돌이가 보이지 않는다. 야박한 세상의 인간들이 놓은 올가미에 흰돌이가 걸려 내려오지 못한 사실도 까맣게 모르고 그냥 내려온 것이다.

밤이 되어서야 흰돌이가 없다는 것을 알고 뒤늦게 찾으러 산길을 가기도 한두 번이 아니었다. 그래도 매번 흰돌이는 주인이 올 때까지 얌전히 앉아 주인을 기다리고 있었다. 흰돌이에게는 자신의 가족인 나와 바울이가 자기를 찾으러 오리라는 믿음이 있었던 것이다.

그렇다. 우리가 흰돌이를 가족으로 여기듯, 흰돌이에게도 우리를 가족으로 믿고 기다리는 믿음이 있었다고 나는 지금도 믿는다. 그래서 이 힘들고 괴로운 세상에 믿을 것이라곤 가족 밖에 없기 때문에 흰돌이는 가족인 우리를 얌전히 기다리고 있었던 것이리라.

지난밤에 올가미에 걸렸던 고통의 시간들을 잊고 흰돌이는 새로운 아침이 되면 제일 먼저 일어나서 반갑게 꼬리를 흔들며 나에게 인사를 한다. 우리 가족들을 변함없이 사랑하는 흰돌이를 바라보면 이런 것이 우리가 살아가는 모습이란 것을 생각하게 된다.

힘들 때는 가족이 나의 힘이기 때문이다. 가족은 보이는 곳에서든, 보이지 않는 곳에서든 언제나 가장 든든한 나의 응원자다.

그래서 나는 힘들 때마다 아이들의 얼굴을 들여다본다. 아이들의 얼굴 속에는 온 세상이 다 들어 있다. 내가 꿈꾸는 모든 것, 내가 이루어놓은 모든 것, 내가 소중하게 생각하는 모든 것이 내 아이들의 얼굴 속에는 다 들어 있다.

아이들의 얼굴을 들여다보면 거기엔 언제나 내 얼굴이 있다.

때 묻지 않고 가장 순수했던 시절의 내 얼굴.

그래서 아이들은 언제나 부모를 비추는 거울인 법이다.

어렵다고 가족을 버리는 가장은 없다

바울이와 나는 요즘 들어 종종 말다툼을 한다. 어릴 때는 그렇게도 말을 잘 듣던 녀석이 이젠 다 컸다고 아빠한테 절대 지려고 하는 법이 없다. 심지어는 아빠와 이야기를 나누다보면 "아빠와는 수준 차이가 나!"라는 말까지 한다.

나도 사람인데 바울이의 이런 말이 전혀 섭섭하지 않은 것은 아니다. 하지만 그럼에도 불구하고 바울이를 이해해보려고 나름대로 노력을 많이 하는 편이다.

'내가 옳고 바울이가 틀린 것이나, 반대로 바울이가 옳고 내가 틀린 것이 아니다. 바울이와 나는 서로 생각이 다른 것뿐이다. 사물이나 상황을 해석하는 시각이 다르고, 그렇게 해서 내린 결론이 다를 뿐이다. 다른 것은 틀린 것이 아니다. 다른 것은 좋은 것이다. 항상 문제는, 다른 것을 틀린 것으로 착각할 때 일어나고, 다름을 인정하지 않고 다양성을 인정하지 않을 때 일어난다. 언제나 문제의 해결점은 다른 것을 인정하고 그 안에서 같은 것을 찾는 데서 출발한다' 등 등···.

그렇다고 해서, 내 속에서 섭섭하고 속상한 마음까지 다 사라지는 것은 아니다. 내가 성인군자도 아니고 세상의 보통 평범한 한 아버지에 지나지 않으니 어쩔 수 없는 일이다. 물론, 바울이가 이런 아빠의 마음을 조금이라도 알아준다면 고마울 따름이고….

나는 생활의 중심에 늘 문화활동을 먼저 놓는다. 그래서 문화활동을 중심으로 주로 생활한다. 그런데 우리 가족인 수아와 바울이는 아빠와 다르다. 달라도 많이 다르다. 그래서 아빠의 마음을 전혀 알아주지를 않는다.

가장 대표적인 것이 집 문제다. 우리 가족 전체의 불만은 '우리도 남들처럼 집을 잘 짓고 남들같이 아파트에서 편안하게 살고 싶은데 왜 이렇게 산골짝에서 불편하게 사는가?' 하는 것이다.
나라고 왜 그런 마음이 들지 않겠나? 가족들이 불편해하는 건 나도 똑같이 불편하기 마련인데.

그러나 나에게는 나만의 철칙이 있다. 그것은 '돈이 쓸데가 없어 남아돌면 몰라도 절대로 집에는 돈을 투자해서는 안 된다'는 것이다. 그렇지 않아도 집을 투자의 대상으로 삼아 전국의 땅값 집값이 오르고 집값에 거품이 잔뜩 끼었는데, 거기에 나까지 동참할 필요는 없다. 그냥 집은 비올 때 비 안 새고, 겨울이면 따뜻하고 여름이면 시원하면 된다.

"아빠, 우리 집은 이상해"라는 바울이의 말대로 정말 우리 집은 보기 드문 산중의 집이다. 요즘 세상에 우리 집 같이 슬레이트로 집을 짓고 살아가는 사람은 별로 없을 것이다. 그러나 나에게는 이것도 감사하며 행복한 일이다. 이런 슬레이트 집 한 채 없는 소외계층, 또는 조그마한 집 한 채 가지는 게 평생소원인 저소득층 사람들이 얼마나 많은가.

집이 없다는 것이 때로는 크나큰 고통이 되기도 하는 대한민국에서 그래도 나에게 집이 있다는 자체만으로도 감사할 따름이다.

그래서 나는 비 오면 비 새지 않고 겨울이면 따뜻하고 여름이면 시원한 슬레이트집만 있어도 감사한데 우리 가족들은 늘 불만이다. 물론 당연한 일이다. 그 동안 아빠 때문에 고생만 하고 살아왔으니 지금쯤은 번듯한 집을 한번 가져보고 싶을 것이다.

그럴 때마다 나는 20년 전을 생각한다.

회사 부도로 인해 내 재산과 형제 재산, 처가집… 모두 다 경매에 넘어가고 집도 절도 없이 거리로 나와 방황하다 봉고차 안에서 추위에 떨어가며 새우잠을 청했을 때가 있었다. 그때의 과거를 생각하면 지금의 이 행복은 축복 속에 축복이다.

수아와 바울이는 그때 너무 어려서 실감이 나지 않겠지만 빚쟁이들이 새벽 밤낮을 가리지 않고 몰려올 때의 세상은 정말 '지옥이 따로 없고 이것이 지옥이 아닌가' 싶을 정도였다.

심지어는 빚쟁이들에게 쫓겨다니다 못해 빚쟁이들이 보낸 청부업자들과 싸움을 벌인 적도 있었다. 그때가 수아가 6살 때 교통사고로 죽을 고비를 간신히 넘기고 막 퇴원을 했을 무렵이었다. 내가 가진 돈이 없어 제때 빚을 갚지 못하자 빚쟁이들이 건달들을 고용해 나를 협박해서라도 돈을 받아가려고 했던 것이다. 비록 빚을 지긴 했지만 건달들에게 협박까지 받아가면서 당할 수는 없어서 그때는 나도 목숨 걸고 건달들과 맞서 싸웠다.

바울이는 겨우 4살 때라 기억이 나지 않겠지만 그때 수아는 건달들과 치고받고 싸우는 아빠의 모습을 보고 "우리 아빠 살려주세요" 라고 애원하다 수아의 목에서 피가 쏟아져 나왔다.

어린 수아의 목에서 피가 토해져 나오는 것을 보고 청부 건달들이 놀라서 도망을 갔다. 어린 딸아이의 목에서 피가 토해져 나오는 것을 바라보는 그때 아빠의 심정은 정말 세상에 무서운 게 아무것도 없었다. 세상에서 내 가족 하나 내 손으로 지키지 못하면 그것은 아빠로서, 가장으로서 자격이 없으니 말이다.

수아와 바울이가 불편하다고 불만을 갖는 지금의 이 집이 그렇게 피를 토하고, 눈에 불을 켜고 목숨 걸고 빚쟁이들과 싸워가며, 눈물로 호소해가며 그렇게 죽기살기로 그 고비를 넘기고 정말 힘들게 겨우 겨우 장만한 바로 그 집이다. 그래서 수아와 바울이의 눈에는 초라한 슬레이트 집으로 보이겠지만, 나에게는 세상에서 단 하나뿐인 구중궁궐 같은 집이다.

이런 아빠의 마음을 몰라주고 바울이는 오늘도 아빠를 졸라댄다.

"아빠, 쪽팔려요. 우리도 새 집으로 이사 가요."

바울이가 이렇게 말하는 이유는 진짜 쪽팔려서라기보다는 불편한 집에서 살아가는 엄마를 생각해서란 것을 나도 잘 알고 있다. 나도 왜 편한 집에서 살고 싶지 않으랴. 하지만 나는 아무리 좋고 편한 집이라도 내가 직접 지은 이 집만큼 편한 집이 없다. 그래서 아빠가 그 고집을 부리는 것이다.

이 집이 어떤 집이냐?

수아가 병원에 누워있을 때 아빠가 밤낮을 가리지 않고 직접 지은 집이다. 아직 어린 아이였던 수아와 바울이가 자라면서 손때가 묻은 집이고 추억이 깃든 집이다. 이 집은 우리 가족이 가장 어려운 때 지은 집이다. 아빠가 건축업자들에게 집을 좀 지어달라고 부탁을 해보았지만, 부도나서 쫓겨다니는 모습을 보고 나중에 돈을 받지 못할까봐 아무도 집을 지어주려고 하지 않아서 직접 벽돌 한 장 슬레이트 지붕 한 장 아빠 손으로 얹어가며 눈물로 지은 집이다.

수아야 바울아, 이 집은 그렇게 아빠가 손수 홀로 지은 그런 집이란다. 그런 집을 버리고 몸이 좀더 편하자고 새로운 집을 지어 이사 가자는 것은 아직은 때가 아니고, 어려운 시절을 함께 보낸 이 집에 대한 예의가 아니라고 생각한다. 그러나 아빠도 언제까지나 이 집을 고집하지는 않는다. 때가 되면 우리 가족 모두 행복한 생활을 할 수 있는 새 집으로 이사를 갈 거란다.

　지금 우리가 사는 곳은 원래 쓸모없는 돌밭이었다. 남들은 돌밭에 집을 짓고 공장을 세운다 하니, 부도가 나다보니 정신이 완전 돌아버린 사람이라고 나를 비웃었었다. 비웃는 소리가 귓전에 들려와도 나는 아랑곳하지 않고 연약한 가지 위에 피어나는 꽃처럼 잔뜩 움츠린 채 말없이 열심히 집을 지었다. 노아가 대홍수를 대비해 집을 지을 때 수많은 사람들이 비웃었던 그 비웃음을 감수하며 나는 이 집을 지었다.

　지금 와서 보면, 이곳보다 더 아름답고 편안한 집이 또 있으랴. 봄이면 향긋한 꽃냄새, 여름이면 동물들의 놀이터, 가을이면 세상에서

우리 집앞 풍경

가장 귀한 녹차꽃 피고 오색으로 얼룩진 단풍이 병풍처럼 드리우고, 겨울이면 푸르다 못해 수정처럼 빛나는 별빛 세상이 이렇게 빛나는…. 세상 어디에 이렇게 포근한 보금자리가 있으랴. 나에게는 이 집은 노아가 대홍수를 견뎌낸 것처럼, 나에게 쓰나미처럼 몰아닥쳤던 부도와 빚더미의 고난 속에서 든든하게 버티어 준 방주와 같은 집이다.

남들이 슬레이트집이라고 비웃는 시간도 이제 얼마 남지 않았을 것이다. 아마도 너무 늦지 않은 시기에 나는 가족이 원하는 새로운 집으로 이사를 갈 것이다.

그러나 새로운 집으로 이사 가고 나면 나도 아이들도 조금씩 이 집에 대한 추억을 잃어버릴 것이고, 이 집과 함께 한 고난의 시간들도 같이 잊어버릴 것이다. 나는 그것을 원치 않는다.

나는 이 집에 배어 있는 고난의 순간들, 그리고 그것을 견뎌내온 인내의 시간들을 사랑한다. 그리고 그 순간을 함께 해온 가족들의 추억이 묻어 있는 이 집을 사랑한다.

말하자면, 이 집은 나에게는 또 하나의 가족이다. 지금은 잘 살게 되었다고 어려운 시간을 함께 해온 가족을 버리는 가장은 없다.

수아, 죽음과의 싸움에서 이기다

내 평생에 가장 힘들었던 순간을 꼽으라고 한다면 언제나 가장 먼저 떠오르는 순간이 있다. 그것은 보증을 잘못 서서 7억원이 넘은 빚더미에 앉았을 때도, 사업에 실패해서 알거지가 되었을 때도 아니다.

그것은 수아가 교통사고를 당해 응급실에 누워있던 순간이었다.

처음에 수아가 교통사고를 당했다는 소식을 전해 들었을 때는 조금 불안하긴 했지만 크게 걱정하지는 않았다. 애들이 교통사고를 당하는 것은 가끔 있는 일이고, '어디 좀 긁히거나 최악의 경우라도 어디 뼈가 좀 부러진 정도라 시간이 지나면 낫는 거겠지' 하고 생각했다.

그 당시만 해도 내가 빚 때문에 워낙 사람들에게 쫓기고 시달림을 당할 때라 집안일에는 크게 신경을 쓰지 못하던 때였다.

그런데 얼마 뒤 다시 연락이 왔다. "하동에선 치료하기 힘드니 진주로 다시 간다"고 했다. '아, 뭔가 잘못 돼도 단단히 잘못 되었구나…' 싶은 것이, 머릿속이 하얘지고 팔다리에 힘이 풀렸다. 난생 처음 느껴보는 불안한 공포가 온몸을 휩싸고 지나갔다.

나는 '수아야, 제발 살아만다오' 간절히 기도하며 병원으로 단숨에 달려갔다. 그리고 병원 응급실로 가서 사경을 헤매고 있는 수아를 처음 본 순간, 나는 할말을 잊었다. 내 속에서 저절로 기도가 튀어나왔다.

"수아가 온전한 인간이 안 될 바엔 차라리 수아가 더 이상 고통 받지 않게 편안하게 천국으로 데리고 가소서. 신이여, 우리가 아직도 지고 가야 될 죄가 남아 있나요? 어찌하여 우리를 이렇게 모질게 훈련을 시키시나요? 이제는 저도 더 이상 세상의 고통을 감당하기가 어렵나이다."

마음속에 흐르는 눈물은 내속을 갈기갈기 찢어놓았다. 병원에 있던 수아 엄마를 만나자마자 아내의 첫마디가 "수아가 많이 다쳤어. 아직 의식이 없어."라고 하는 것이었다. 병원으로 달려오는 동안 그렇게 빌었는데, 그렇게 간절히 기도했는데….
참았던 눈물이 왈칵 쏟아지고 눈앞이 캄캄해지면서 나는 정신을 잃고 말았다.

그 순간, 수아는 참으로 힘겨운 자신과의 싸움을 하고 있었다. 어떻게 해서든 자식을 살리고 싶은 부모의 마음은 누구나 똑 같을 것이다. 할 수만 있다면 내가 대신 죽어서라도 자식을 살리고 싶을 것이다. 그런데 부모가 되어서 생사를 알 수 없이 병상에 누워있는 자식을 바라보고 있자니, 가슴이 천 가닥 만 가닥으로 찢어지는 것 같고,

눈에서는 눈물이 아니라 칼날이 쏟아지는 것 같았다.

차마 눈뜨고 볼 수 없는 고통이었다. 그리고 수아가 당하고 있는 저 고통이 부모인 나를 잘못 만나 나대신 겪고 있는 고통인 것 같아 더더욱 참기가 힘들었다.

그러기를 장장 25일.

25일간 수아는 의식불명상태에서 깨어나지를 못했다. 수아는 그 25일간 죽음과 삶 사이를 오가며 끈질긴 생존의 투쟁을 하고 있었고, 그 25일간 나는 마치 산송장처럼 지냈다. 죽음을 코앞에 둔 자식을 본 순간부터 나는 살아도 더 이상 산 게 아니었다.

수아는 25일 만에 깊은 죽음의 잠에서 깨어났다. 그동안 나는 수아의 얼굴을 바라보며 "수아야, 제발 살아만다오." 기도하며 무언의 눈빛으로 바라보았지만 수아는 눈만 떴을 뿐이지 아무런 반응이 없었다. 그렇게 뜬눈으로 밤을 지새우고 숨소리마저도 죽여가며 지켜보던 우리에게 마치 기적처럼 깨어난 딸 모습을 보았을 때, 얼마나 기쁨의 눈물을 흘렸는지 모른다. 그날 밤 나는 수아가 다친 이후로 처음으로 깊은 잠에 들 수 있었다.

그래도 수아가 깨어난 뒤부터는 수아가 살 수 있다는 희망이 생겼고, 나에게는 딸을 살리기 위해서라도 다시 사업을 일으키고 나 자신부터 다시 살려야겠다는 용기를 낼 수 있었다. 수아는 내 삶의 이유이자 목표였다.

나는 부도 뒤에 어렵사리 재기를 위해 준비하고 있던 녹차 사업을 살리기 위해 전력을 기울였다. 당시만 해도 국내에선 단순히 녹차를 차로 만들어 파는 것 외에는 다른 사업이 없었는데, 나는 우리보다 녹차산업이 더 발전한 일본으로 눈을 돌렸고, 일본에서 배워오고 들어와야 할 것들이 많이 있다는 것을 몇 번의 일본 방문을 통해 알고 있었다.

그래서 나는 이토록 아픈 딸을 두고 다시 일본으로 떠나야만 했다. 이제 내가 살아야 우리 가족이 다 살 수 있다는 신념이 있었다. 그렇기 때문에 더더욱 일본으로 가서 일본에 두고 온 마지막 기계 부품을 가져와서 조립을 해야 했다. 그래서 새로운 녹차 기계를 가지고 그 전에는 한국에서 선보인 적이 없던 녹차국수, 녹차냉면 공장을 가동해야 했다.

그런데 문제는 내게 일본을 갈 수 있는 뱃삯이 없다는 것이었다.

그래서 수아 엄마에게 얘기를 했다. 그랬더니 아내는 내게 40만원을 건네주었다. 나는 이 돈이 무슨 돈인 줄도 모르고 고맙게 받아 일본으로 건너갔다.

그리고 나중에 안 일이지만 그 돈은 우리의 마지막 재산인 수아의 돌반지, 아내의 결혼반지, 목걸이 등을 모두 팔아서 마련한 돈이었다. 나는 우리 가족들의 마지막 비상금을 들고 일본으로 건너갔던 것이었다. (그런데 나는 아직도 이 반지와 목걸이를 되찾아주지도, 새로 해주지도 못했다.)

 이런 어려운 고통의 세월 속에서 아내가 음식점을 어렵사리 운영하며 이자라도 조금씩 갚아가던 참이었는데 그나마도 나중에는 빚이 너무 많아 이자 내기도 버거운 상황이 되다보니 이것마저도 약 2년 만에 다시 경매로 날아가 버렸다.
 우리 가족에게 참으로 견디기 힘든 고통의 시간은 아직도 현재진행형이었다.

가족들을 위해 목숨을 걸다

감당할 수 없는 빚으로 인해 나는 한때 자살을 꿈꾸기도 했고 세상을 원망하기도 했다. 그러나 내 곁에는 가족이 있었다. 내가 힘겨워할 때 내 곁에서 나를 위로하며 "남을 탓하기 전에 나 자신을 탓하라"고 충고하면서 묵묵히 말없이 따라 걸어오던 아내, 몇 번의 죽을 고비를 함께 감당하며 "지금까지 잘 버텨왔으니 앞으로도 포기하지 말자"고 나에게 용기를 심어주던 아내가 있었다.

그리고 나에게는 6살 수아와 4살 바울이가 있었다. 문자 그대로, 생사의 갈림길에서 죽을힘을 다해 싸워 생명이란 것이 얼마나 끈질기고 위대한 것인지를 나에게 가르쳐준 수아. 그리고 아직 아무것도 모르는 철모르는 눈빛으로 엄마 아빠에게 한창 재롱부리고 있는 어린 바울이를 두고는 죽고 싶어도 죽을 수 없었다.

사랑하는 아내와 수아, 그리고 바울이는 아빠에게 충분한 삶의 이유가 되어 주었다. 내 아내, 내 아이들을 남편 잘못 만나고 아빠 잘못 만난 탓에 과부나 애비 없는 자식으로 만들 수는 없었다. 그렇게 가족들은 나에게 존재의 이유가 되어주었고, 나에게 든든한 힘과 응원이 되어주었다.

이때부터 나 자신에게 다짐하였다. 내 운명이 다하여 눈꽃이 되어

흩날리는 한이 있어도 새로운 마음다짐과 새로운 희망으로 나에게 주어진 길을 걸어가리라 마음먹었다.

그래서 그동안 벌여만 놓고 손이 안 가 제대로 못했던 사업도 새로운 마음으로 하나하나 정리정돈하면서 질서를 잡아갔다. 새로운 길이 보이기 시작했다.

지금도 나는 그때를 생각하면 아내에게 더 없이 고맙고 미안하다. 아내의 속이야 말할 것도 없었으리라. 갈갈이 찢기고 멍이 들어, 그 속이 속이 아니었을 것이다.

그래도 아내는 나를 원망하지 않았다. 오히려 나를 격려하고 위로하며 희망의 끈을 놓지 않고 아무 이유도 없이 지금까지 가시덩굴을 헤치며 나를 따라와 주었다.

세상의 사람들은 사업에 망하고 나면 자기로부터 제일 가까운 사람, 즉 부인으로부터 제일 먼저 배신을 당한다고 하는데 아내는 그 어떤 순간에도 나를 믿고 나를 지지해주었다.

혹독한 세상의 버림 속에서 피지도 못하고 지는 꽃처럼, 결혼하자마자 따뜻한 사랑 한 번 제대로 받지 못하고 남편 때문에 온 집안이 풍비박산이 났는데도 짜증 한 번 내지 않고 참고 참으며 그 고달픈 길을 견뎌내었다. 오죽 힘들었으면 수아가 교통사고로 병원에 있을 때, 오히려 "집에 있는 것보다도 병원에 있는 것이 더 몸과 마음이 편하다"고 했을 정도였다. 빚쟁이에 시달리는 집보다는 몸이 불편한 병원이 더 낫다는 뜻이었다.

아내의 이러한 고통을 잘 알기에 나는 이를 악물며 더욱 열심히 재기를 위해 힘을 쏟았다. 나는 아직 빚도 다 정리하지 못한 어려운 상황이었지만 다시 사업을 일으키기 위해 꾸준히 준비를 했다. 수아의 교통사고 보험금과, 우리 가족이 불쌍하다고 지인들이 조금씩 모금을 하여 도와준 자금 약 7천만 원을 가지고 사업 밑천을 마련했다.

나는 그때 내게 모금한 돈을 전달하면서 지인들이 하던 말을 지금도 잊지 못한다.

"네가 이 자금으로 다시 사업을 일으켜 성공한다면 이 돈은 우리에게 갚으려 하지 말고 너같이 어려운 사람들을 위해서 사용해라."

정말 상상도 못한 말이었고, 지금도 내 가슴속에 한 자 한 자 비석에 새기듯 각인된 명언이다.

그 때 그 말을 생각하면 나는 지금도 눈물이 와르르 흐른다. 그래서 그 말은 지금까지 한 번도 잊어 본 적이 없다.

나는 이 눈물나는 돈으로 새로운 기계도 사 들이고 자그만한 공장도 새로 세웠다. 그러나 사업은 내가 계획한대로 순조롭게 진행되는 것은 아니었다. 자금도 부족하고 경험도 부족하다보니 생각지 못한 어려움들이 많이 닥쳤다. 게다가 설상가상으로 내가 새로운 사업을 시작하자마자 IMF 구제금융 사태가 터진 것이었다. 정말 하늘이 노

162

랗고 캄캄했다.

수아의 보험금과 지인들이 도와준 자금 등을 합쳐 모두 약 2억원이나 되는 돈으로 사업을 준비했는데 사업을 시작한 지 겨우 20일 만에 통장 잔고가 겨우 20만원 정도밖에 남지 않았다. 게다가 그 2억원은 아내도 모르게 내가 통장을 빼내어 겨우 사업 밑천으로 마련한 돈이었다. 그런데 그 2억원이란 돈이 오고 간데없이 사라진 것이다.

아내는 이 사실을 알고 울고불고 난리가 났다. 그 돈이 어떤 돈인데 손을 댔냐는 것이다. 심지어 아내는 그 전에 내 손을 꼭 잡고 "우리 이 돈을 가지고 어디 도망가서 꼭꼭 숨어서 이제는 자유롭게 살자. 더 이상 힘들어 못 견디겠다"고 하던 돈이었다.

그런 아내를 향해 나는 "우리가 도망가면 우리는 편안할지 모르지만 나의 사업이 다시 성공하기를 지금껏 기다려주며 빚보증 서준 죄없는 사람들이 우리가 당했던 고통을 그대로 당하게 될 것이다. 그 사람들의 한이 서린 고통을 어떻게 하란 말이냐?" 면서 아내를 달랬다. 그래놓고는 그 피눈물 나는 돈을 20일 만에 모두 써버린 것이다.

정말 아내가 나를 "남편이 아니라 원수"라고 해도 할 말이 없을 지경이었다. 게다가 정말 답답한 것은 그 많은 돈이 어디로 흘러갔는지 지금도 기억이 없다는 것이다. 분명히 한 군데도 헛돈을 쓰지 않았고 아낀다고 아꼈는데, 2억원이나 되는 돈이 20일 만에 손가락 사이로 모래가 빠져나가듯이, 그물 사이로 연기가 빠져나가듯이 사라져버리고 만 것이다.

그 와중에 IMF 사태까지 터졌다. 엎친 데 덮친 격, 죽은 놈 확인사살하는 격이었다. 절망 그 자체였다. 아직 그 많은 빚들은 대부분 그대로였다. 여기서 내가 또다시 넘어지면 나와 가족들뿐만이 아니라 보증을 서준 일가친척과 친지들까지 모두 빚더미에 나앉을 상황이었다.

절체절명의 위기였다.

그러나 나는 나를 믿어주는 사랑하는 아내, 나를 믿어주고 응원해주던 지인들, 나를 쳐다보는 어린 수아와 바울이의 똘망똘망한 눈빛 때문에라도 희망을 잃지 않고, 용기를 내야 했다.

위기의 시기에는 가족이 나의 힘이었다. 그래서 나는 이번이 마지막이라 생각하고 목숨을 걸고서라도 살아남아야 한다는 각오로 이를 악물었다.

그리고 기회는 위기와 함께 찾아왔다.

제4부

녹차 하나에 목숨을 걸다

— 지리산 농사꾼의 녹차 이야기

녹차에 목숨을 걸다

　사업은 부도가 나고 남은 것은 수십억의 빚더미뿐…. 죽고 싶어도 남겨진 가족들과 나로 인해 고통 받을 여러 친지들과 지인들을 생각하니 마음대로 죽을 수도 없었던 그 시절. 나에게 퇴로는 없었다.

　나는 죽기 살기로 녹차 사업에 목숨을 걸 수밖에 없었다. 내가 살아야 수아도 살고, 아내도 살고, 내 가족들이 살 수 있었다. 내가 다시 재기에 성공해야 나를 믿고 나를 도와준 고마운 분들에게 은혜도 갚고 빚도 갚을 수 있었다.

　녹차와 나의 인연은 1983년으로 거슬러 올라간다. 1983년 6월, 부산에서 8개월 동안 잘 다니던 직장생활을 그만두고 내 고향 지리산 화개골로 발길을 돌렸다.

　아버지를 일찍 여의고 어머니 혼자 농사짓는 게 안쓰럽기도 했고, 7대째 대를 이어 조상 대대로 지어온 농사로 성공해보자는 어리석고 소박한 꿈을 가지고 고향을 찾은 것이다. 그리고 농사를 지으면서 틈틈이 공부해 대학도 진학할 생각이었다.

　하지만 다들 고향을 떠나 대도시로 가서 직장을 구하는데 나만 거꾸로, 대도시의 직장을 버리고 지리산 산중 농촌으로 다시 돌아왔으니 이 얼마나 무모한 짓인가. 그렇기에 당시에는 나의 귀향을 누구

하나 반기는 이가 없었다.

막상 농사를 짓기 위해 고향에 돌아왔지만 무엇을 할까 고민해도 마땅히 할만한 일이 없었다. 특히 내가 사는 화개골은 산중이라 논농사 밭농사 어느 것 하나 녹록치 않았다.

그나마 다행인 것은 내가 사는 쌍계사 앞이 관광지라 주말에 많게는 2~3만 명 정도의 관광객들이 찾아온다는 것이었다. 그래서 생각한 게 관광객들을 상대로 지리산 생약차를 판매하기로 마음먹었다. 오미자와 여러 가지 약초를 섞어 시원하게 만든 얼음차도 만들어 팔았고, 지리산 약초, 토종꿀 등을 리어카에 싣고 다니면서 길거리에서 팔기도 했다.

그러나 종종 길거리에서 아는 사람들을 만나기 일쑤였고, 나는 부끄러움에 아는 사람만 나타나면 피해 다녔다. 아는 사람들이 알아볼까봐 고개를 들지 못하고 모자를 머리에 푹 눌러 쓰고 사람을 제대로 보지도 못하고 물건을 팔았다.

그러나 자본도 없이 빈손으로 시작한 일이 쉽게 잘 될 턱이 없었다. 처음에는 여러 모로 어려움들이 많았다. 그러나 꾸준하게 길거리에서 물건을 팔다보니 약간씩 매출이 오르기 시작했다. 그러다보니 장사하는 맛에 부끄러움도 두려움도 사라지고 자신과 용기가 생기기 시작했다.

이때부터는 그동안 얼굴을 가렸던 모자도 뒤로 돌려 쓰고, 열심히 산야초와 토종꿀을 팔았다. 그 결과 3개월 만에 약 8백만 원의 거금을 모을 수 있었다.

부산에서 8개월 동안 직장생활을 할 때는 약 1백 40만 원 정도 모은 게 전부였는데, 거기에 비하며 3개월 만에 8백만 원이란, 내게는 정말 큰 거금이었다. 믿기지 않는 기적 같았다.

나는 이 8백만 원을 사업밑천으로 삼아 흑염소 30마리를 구입했다. 나의 꿈인, 농촌에서의 그림 같은 소박한 전원생활을 만들고 싶었다. 그리고 이 흑염소 30마리가 2년 후에는 약 200마리 정도로 불어났다. 내 꿈이 조금씩 이루어지고 있었다. 나는 이제 누구도 부럽지 않았다.

염소 값도 비싸고 시장도 좋았다. 염소 한 마리당 가격이 평균 잡아 약 25만 원 정도 나갔다. 8백만 원으로 시작한 염소 농사가 2년 만에 5천만 원 정도로, 몇 배로 불어난 것이다.

그래서 나는 좀더 욕심을 내어 염소 농사에 더 투자를 해보겠다고 농협에서 대출을 받아 투자를 하기 시작했다. 그런데 내가 빚을 내어 투자를 하자마자 중국산 염소가 국내에 수입이 되기 시작했다. 그러면서 염소 값이 폭락하여 한 마리당 12만원 정도로, 그 전에 비하면 반 토막이 나고 말았다. 내가 염소를 사들이고 염소에게 먹인 사료 값도 안 되는 가격으로 폭락하고 만 것이다.

결국 내게는 부채만 약 2천만 원 정도 남게 되었다. 여기서부터 내 인생은 고난과 시련의 갈림길로 들어서게 되었다.

내가 생각했던 전원생활의 낭만, 농촌생활의 소박한 꿈도 점점 저물어만 가는 것 같았다. 결국 1987년, 나는 어렵게 생활해오던 농촌생활을 접고 홀로 배낭 하나 달랑 메고 일본으로 떠났다. 일본에 대해 아무런 사전지식도 없고 말도 통하지 않는 낯선 땅이지만 나는 일본에서 새로운 돌파구를 찾아보려 했다.

나를 홀린 것은 녹차였다.

내가 사는 지리산 화개골은 세계적인 야생차의 고장이다. 녹차의 역사만 보더라도 무려 1,300년이다. 오랜 세월이 말해주듯 지리산에는 유구한 녹차의 역사가 흐른다. 지리산은 특히 수많은 시인 묵객들이 찾아 산천초목 곳곳에 나름대로의 흔적을 남긴, 풍성한 문화와 역사를 자랑하는 곳이 아니던가.

나는 이런 지리산 화개골에서 7대째 살고 있으며 3대째 녹차 농사를 짓고 있었다. 그래서 나는 누구보다도 쉽게 녹차를 접하고 있었다. 나고 자라면서 본 것도 녹차요, 지금 현재 살고 있으면서 늘 보는 것도 녹차였다. 따라서 내가 녹차에 관심을 갖게 된 것은 지극히 당연한 일이었다.

하지만 우리 선조들은 녹차를 비상약으로 쓰거나, 나물로 음식을 만들어 먹거나, 손님이 오면 녹차 잎을 따서 차로 접대하는 그 정도가 전부였다.

녹차를 차가 아닌 다른 방법으로는 활용할 수 없을까?

녹차에는 분명 무언가 새롭게 뚫고나갈 돌파구 같은 게 있을 것 같았다. 그러나 손에 잡힐 듯 말 듯 하면서도 분명한 무엇인가로 와닿지 않는 이 문제를 확인하기 위하여 나는 일본에서 해결의 실마리를 찾아보려고 했다. 일본은 우리보다 훨씬 다양한 녹차 문화가 있기 때문에, 일본에는 그 답이 있을 것 같았다.

녹차꽃

녹차에는 분명 새로운 비상구, 새로운 돌파구 같은 게 있을 것이었다.

그리고 그 해답은 일본에서 찾을 수 있다고 나는 믿었다.

그래서 내 발걸음은 일본을 향했다.

일본에서 길 찾기

6월 장마가 지고 나면 녹차가 아름답게 자라 오르는 것을 나는 자주 보았다. 화개천에 물안개가 피어오르면 신이 인간에게 내린 마지막 선물인 녹차가 피어오른다. 드넓게 펼쳐진 녹차 밭에 운무가 깔리면 그 운무를 뚫고 파릇파릇한 녹차 새싹들이 피어오르는 광경은 그야말로 장관이다.

녹차 잎, 그 천연의 푸른색은 누구도 흉내낼 수 없는 신의 창작품이다. 안개가 걷히고 녹차 밭에 햇살이 따사롭게 내리쬘 때면 이곳이야말로 천국의 풍경이 아닌가 하고 생각할 때가 한두 번이 아니었다.

그 동안 '녹차' 하면 차를 우려 마시는 게 거의 전부였다. 우리 국내 제다 방법으로는 녹차를 덖어서 차로 만들어 뜨거운 물에 우려내 마시는 게 다고, 그렇지 않으면 어린 싹을 따서 나물로 무쳐 먹는 정도가 고작이었다.

그런데 이 좋은 녹차를 제대로 활용하지 못하고 대부분을 그냥 버린다는 게 너무 안타까웠다. 지금은 다행히 제다 기술이 많이 발전해서 녹차 티백, 발효녹차 등 녹차 종류도 비교적 다양하게 이용하고 있다. 하지만, 녹차를 끓는 물에 우려 마시는 방법으로는 녹차의 좋은 성분 중 약 30% 밖에 마시지 못하고 나머지 녹차 잎은 대부분 그냥 버리게 된다.

그렇다면 녹차를 100% 다 마실 수 있는 방법은 없을까?
어떻게 하면 녹차의 좋은 성분 100% 전부를 먹을 수 있을까?
이것이 나의 화두요, 내가 해결해야 할 과제였다.

녹차를 단순히 차로만 마시지 말고 녹차 잎 전체를 이용해 녹차 식품을 만든다면 녹차 잎을 버리지 않고 녹차를 다 먹을 수 있지 않을까? 이것이 나의 생각이었다. 그런다면 이것보다 더 좋은 식품이 없을 것이라고 생각했다.

그래서 한국 최초로 녹차국수, 녹차냉면, 녹차칼국수, 녹차수제비 등을 만들어내야겠다고 결심했다. 그러나 그 방법을 알 수 없었다.

그래서 우리보다 녹차 산업이 발달한 일본으로 무작정 배낭 하나 달랑 메고 떠나기로 마음을 먹었다. 그래서 먼저 서점에 가서 기초 일본어회화 책을 한 권 구입하였다. 일본으로 가기 위해서는 기본 인사말은 알아야 된다고 생각했던 것이다.

약 3개월간 독학으로 인사말 등 기초 일본어 회화를 익히고 난 후, 외국이라고는 한 번도 기본 적 없던 나는 일본이란 낯선 땅을 혼자 처음으로 발을 내딛게 되었다.

첫 방문지는 후쿠오카였다.

말도 통하지 않는 곳에 처음 내려 어디를 가야 할지를 모르는 나로서는 손짓 발짓을 다 사용해가며 의사소통을 하느라 애를 먹고 있는데, 어떤 분이 한국말로 말을 거는 것이었다. 알고 보니 한국과 일본을 오가는 재일 교포였다. 어찌나 반갑고 기쁘던지… 마치 구세주라도 만난 듯이 기뻤다.

그래서 그분께 녹차를 제조하는 회사를 방문하고 싶다고 말씀 드렸다. 그랬더니 후쿠오카 야매 지역 호시노 말차를 제조하는 회사를 소개해 주면서 택시를 이용하라고 가르쳐 주었다.

처음 찾아간 곳은 말차를 만드는 곳이었는데, 계곡을 타고 물안개가 피어오르고 내 고향 지리산과 비슷한 환경을 가지고 있었다. 이곳은 일본에서도 유명한 차의 재배지로, 옥로차(玉露茶)의 산지로 유명한 곳이었다.

나는 눈이 휘둥그레졌다. 어마어마한 공장에서 맷돌로 녹차를 분쇄해서 천연의 녹차 자연색 그대로 푸른색의 녹차 가루를 쉴 새 없이 만들어내고 있었다. 직감적으로 '아, 우리의 맷돌문화가 이곳에 전파되었구나' 하는 생각이 내 머릿속에 맴돌았다.

나는 그곳 공장 책임자에게 인사를 드리고 내가 이곳 일본에 온 이유를 말씀드리고 싶었다. 하지만 서로가 말이 통하지 않으니 어떻게 내 뜻을 전할 수 있는 방법이 없었다.

약 2시간 동안을 그렇게 보디랭귀지를 섞어가며 씨름하다가 그래도 말이 제대로 통하지 않아, 결국 그 회사에서 한국어와 일본어로 통역을 할 수 있는 분을 한분 모시고 왔다. 그러나 그분 역시 통역이 썩 뛰어난 분은 아니었다. 그래도 그나마 어느 정도 말은 통해 서로를 이해하고 마음은 통할 수 있었으니 천만다행이었다.

나는 "일본의 높은 녹차 문화를 배우고 싶어 일본에 왔다. 그러니 이곳에서 생활하면서 좀 배울 수 없겠느냐?"고 말씀을 드렸다. 그랬더니 돌아온 답은 "노(No)"였다. 나를 불법체류자로서 위장취업하러 온 사람으로 생각했던 것이다.

그래서 다시 말씀을 드렸다. "저는 돈도 필요 없고, 이곳에서 먹고 자는 것만 해결해주시면 열심히 일할 테니 이곳에 좀 머물도록 해 달라"고 통사정을 하였더니, "내일 연락을 할 테니 기다려 보라"며 공장 근처에 있는 숙소를 소개해 주었다.

이국땅에서 처음 잠자리를 갖는 나로서는 잠이 올 리 만무했다. 앞날의 삶을 위해 찾아는 왔지만 정작 낯선 이국땅의 쓸쓸함과 외로움은 나 자신을 더 괴롭게 만들었다. 말이 통하지 않으니 한 발자국도 움직이는 게 힘들었다. 바다 위의 외딴 섬처럼 세상으로부터 격리된 느낌이었다.

그러나 사업 실패와 부도의 고통스런 기억을 딛고, 오직 녹차를 향한 열정에 이끌려 이 낯선 일본 땅까지 왔으니 희망의 끈을 절대 놓을 수 없었다. 뜬눈으로 밤을 지새고 반나절 정도 지나니 연락이 왔다. 그곳 회사에서 일을 해도 좋다는 것이었다.

얼마나 고맙고 감사한지, 자신도 모르게 마음속으로 수천 번을 "감사합니다. 감사합니다" 하고 외치고 있었다.

내가 그렇게 그리고 꿈꾸었던 말차 만드는 방법을 내 눈으로 직접 볼 수 있고 만들어 볼 수 있다는 생각에 가슴 설레었다. 생각만 해도

녹차냉면

나도 모르게 쿵덕 쿵덕 심장 박동소리가 들려왔다. 말차의 푸른 색깔에 완전 매혹되어 지금 이순간이 내가 살아가는 행복이라고 외치고 싶었다.

이것이 인연이 되어 이후 3년간 나는 일본을 오가면서 말차 만드는 방법과 맷돌분쇄기에 대해 배웠다. 3년이 지나고 나니 말차 만드는 법에 대해서는 완전히 터득할 수 있었다. 말차를 만들기 위해서는 어떻게 해서라도 맷돌분쇄기를 국내로 가지고 들어와야 했다.

그렇지만 불가능했다. 맷돌분쇄기 1대당 가격이 당시 우리 돈으로 약 2,000만 원 가량이었다. 정말 나에게는 상상할 수 없는 큰 거금이었다.

게다가 엎친 데 덮친 격으로, 맷돌분쇄기는 일본에서 해외수출 금지 품목이었다. 무려 3년이라는 시간을 들여 일본을 오가며 말차 만드는 방법과 기술, 그리고 노하우를 익혔는데 그 모든 것이 무용지물이 될 위기였다. 말차는 맷돌분쇄기 없이는 만드는 것이 불가능했기 때문이다. 말차 만드는 방법, 그리고 맷돌분쇄기의 기계 성능은 이미 내 머릿속에서 다 파악된 터였다. 이제 맷돌분쇄기만 국내에 가지고 오면 끝인데, 이대로 포기하고 좌절만 할 수는 없었다.

어떻게 해결할 수 있는 방법이 없을까? 국내에서 유사제품을 만들수는 없을까 고민도 해보았으나, 실제 샘플도 없는 상태로 국내에서 기계를 생산한다는 것은 불가능하다고 판단되었다.

그래서 고민하고 고민한 끝에 결국은 해결책을 찾았다. 맷돌분쇄기가 비록 수출금지 품목이긴 하지만 그 부품 하나하나가 수출금지된 것은 아니었다.

결국 나는 맷돌분쇄기를 분해해서 그 부품을 하나씩 나누어 국내로 가지고 오는 방법을 택하기로 마음먹었다. 그래서 맷돌분쇄기를 분해해서 한국에 돌아올 때마다 한두 개씩 화물로 가지고 오게 되었다.

이렇게 하나씩 부품으로 들여와 국내에서 다시 조립해 만든 것이 국내 최초의 말차 제조용 녹차분쇄기였다.

국내 녹차 제조의 새로운 지평이 열리는 순간이었다.

실패에서 배우지 못하면 성공은 없다

이제는 오랫동안 내 가슴에 응어리로 남아, 꺼내기만 하면 쓰리고 아픈 상처들을 정면으로 들여다볼 때가 된 것 같다.

지금은 일본에서 배워온 녹차 제조 비법과 맷돌분쇄기의 도움으로 새로운 신개념의 녹차 식품들을 개발하여 남부럽지 않은 성공을 거두었지만, 내게도 실패와 좌절, 고통의 순간들이 있었다. 우리 가족들을 풍비박산내고 나를 죽음의 벼랑 끝까지 몰고 갔던, 그래서 기억도 하기 싫은 순간이었다.

그러나 실패의 순간을 겸허하게 돌아볼 수 있어야 성공도 있는 법이다. 누구나 실패는 할 수 있지만 그 실패에서 교훈을 배우지 못하는 사람이 성공할 수는 없다.

어쩌면 나의 첫 사업실패와 시련은 처음부터 예고된 것이었으리라. 장차 다가올 시련에 대해 신은 이미 나에게 충분히 경고를 주었는데, 내가 그 경고를 깨닫지 못해 결국은 실패와 좌절을 맛보게 된 것이었으리라.

사업이라곤 한 번도 제대로 해본 적이 없는 사람이 처음부터 덜컥 크게 판을 벌여 사업을 시작했으니 어쩌면 첫 번째 실패는 시작부터 예고된 것이었다. 그러나 열의만 많고 혈기왕성했던 젊은 날의 나는 예고된 실패를 미리 알아채지 못했고, 그 결과는 달콤한 신혼의 꿈을 모두 날려버릴 만큼 강력하고 고통스러운 것이었다.

　나는 대대로 녹차 농사를 지어온 집안의 자식이라 녹차에 관심이
많았다. 나는 지리산 야생 녹차나무에 흠뻑 빠져들어 있었다. 그것은
한 번의 호된 시련과 실패를 겪고 난 이후에도 여전히 식지 않는 열
정과 애정이니, 젊은 날의 나 자신이야 오죽했겠는가?
　결국은 이 무모한 열정과 녹차를 향한 무한한 애정이 내 눈을 가렸
고 결국은 내 발목을 잡았다. 내가 한참 녹차에 대한 열정에 빠져 녹
차를 이용한 사업이 어떤 게 있을까 고민하던 무렵, 울산서 생활하다
지리산에 귀촌한 이아무개라는 사람을 만났다. 지금 생각하면 이 사
람은 만나지 말았어야 할 악연 중의 악연이었다. 그러나 그 당시의
나는 그것을 전혀 눈치채지 못했다.

　이 이아무개라는 사람이 내가 녹차 사업에 관심이 있다는 것을 어
떻게 알고 나를 찾아와 "〈삼진산업〉이란 회사에 투자를 하면 사장
자리를 줄 테니 나와 동업을 합시다"라고 제안을 하였다. 이 제안이
내 청춘을 완전히 만신창이로 만들어놓을 덫이었다는 것을 그때는
왜 몰랐을까? 이 제안은 달콤한 사탕발림이었다. 겉으로는 사탕처럼
달콤한 말이었으나 그 속에는 사람을 죽이는 독이 들어 있었다.

　그러나 멋모르는 나는 선뜻 동업에 합의하였다. 내 나이 겨우 30
세. 그 동안 산중에서만 살아온 나로서는 사업이 무엇인지, 장사가

무엇인지 알지도 못했고 전혀 경험도 없었다. 사업 경험도 없는 내가 사업을 제대로 할리도 만무한데 내게 사장자리를 제안할 때, 그 속셈을 눈치 챘어야 하는데 당시의 나로서는 그냥 '사장'이라는 말만 들어도 그저 좋을 뿐이었다.

내 이야기를 들은 아내는 무조건 반대했다. 나를 아는 사람들도 대부분 반대를 했다. 사업이란 게, 동업이란 게 그렇게 쉬운 일이 아니니 위험하다는 것이었다. 그러나 나는 지리산 야생녹차의 매력에 너무 흠뻑 빠져 있었다. 그러다보니 사랑하는 아내와 나를 걱정하는 지인들이 보내는 경고도 무시해버리고 말았다. 아무 것도 눈에 보이지 않았고, 다른 사람들의 말은 나의 귓전에서 맴돌기만 할 뿐 내 생각을 변화시킬 수 없었다.

이때 아내의 말만 들었더라도 내 젊은 날의 청춘 대부분을 고통으로 빠뜨린 그런 참혹한 결과는 피할 수 있었을 것이다. 그러나 고집 때문에 치른 대가치고는 너무나 값비싼 대가였다.

사업이란 것이 얼마나 힘든 것인지, 사업을 할 때는 왜 절대로 동업을 해서는 안 된다고 하는 것인지를 깨닫는 데까지 들어간 인생공부의 수업료는 천문학적이었다.

나는 말이 사장이지 실제로는 허수아비였다. 나는 돈만 투자하는 기계였다. 대표이사로서 돈은 만져보지도 못하고, 도장만 찍고 책임은 내가 다 지게 되는 허울뿐인 사장이었다.

　내가 내 돈 뿐만 아니라 일가친척, 지인들에게 빌리고 보증까지 받아서 끌어다 넣은 돈은 다 어디로 갔는지, 내가 허수아비 사장을 맡은 그 회사는 돈만 빨아들이는 블랙홀 같았다.

　결국 오래 가지 않아 내가 더 이상 돈을 끌어다 메꿀 수 없는 순간이 되자, 30억이 넘는 빚만 남기고 회사는 부도가 났다. 이것저것 팔 수 있는 것은 다 팔고, 압류되고, 경매에 넘어가고… 이렇게 빚을 정리하고도 남은 빚이 7억이었다.

　부모님의 재산은 말할 것도 없고, 형제들과 처가의 재산들이 된 서리 맞은 나뭇잎 떨어지듯 경매를 통해 넘어가는 모습은, 눈앞의 현실인데도 보고도 믿기지 않아 꼭 한편의 드라마를 보는 듯했다.

　빚잔치 후 내게 남은 거라곤 아내와 딸 아들, 부채 7억, 나를 믿고 보증 서준 보증인 약 50명이 전부였다. 그렇게 정리를 했는데도 여전히 남겨진 부채 7억은 내가 지고 갈 무거운 십자가였다.

　"도무지 이해가 안 간다. 그 많은 돈이 도대체 어디로 다 갔단 말인가?" 아내가 물었다.

　내가 사업을 한다고 쏟아 부은 돈은 만원짜리 지폐로 화개동천 십리 벚꽃 길에 한 줄로 깔아도 남을 돈이었다. 그 많은 돈이 허공으로 사라지고 남은 빚이 7억원이라니…. 아내에게 대답할 말이 없었다.

그런데 이게 마지막이 아니었다. 자본주의 사회에서의 자본이 없다는 것은 사형선고를 받은 것과 같았다. 회사는 부도나고 부채는 7억원인데, 하루 자고 나면 거기에 이자가 또 붙었다. 이제부터가 고난의 시작이었다. 나는 고난과 죽음의 문턱으로 저승사자를 따라 들어서는 기분이었다.

마음속에는 '죽음' 이란 단어가 더 이상 낯설지 않았다. 내 한 몸고생해서 처자식만 먹여 살릴 수 있다면 내 목숨을 걸고서라도 무슨일이든 마다 않고 다 할 수 있을 것 같았다.

그러나 나는 더 이상 혼자가 아니었다. 혼자가 아니었기 때문에 죽음을 선택할 수는 없었고, 아이들을 생각해서라도 목숨을 걸고 살아남아 재기해야만 했다.

나는 결국 죽고 싶어도 죽지도 살고 싶어도 제대로 살지 못하고 빚쟁이들의 눈을 피해 도망 다니는 신세가 되고 말았다.

겨울이 오는데 우리에게는 따뜻한 봄날은 오지 않았다. 한순간 잘못 내린 내 판단착오로 인해 짊어져야 할 내 죄의 대가는 너무나 버거운 것이었다. 그렇게 나는 그리운 집을 떠나 4년이 넘는 시간을 일본과 한국을 오가며 떠돌아야 했다.

희망의 빛줄기는 이슬처럼 사라져 가고, 희망보다는 절망의 그림자가 더 내 곁에 가까이 있는 시간들이었다. 그때 나의 소원은, '딱

한 번만이라도 내 어린 자식과 사랑하는 아내에게 따뜻한 밥 한 그 릇, 구수한 우유 한 모금이라도 배부르게 먹일 수 있는 기회가 온다 면 소원이 없겠다' 는 것이었다.

그랬다. 나에게는 아직 마지막 희망인 가족들이 있었다.

그리고 여전히 식지 않는, 녹차에 대한 열정과 갈망이 있었다.

가족들과 녹차.

이 두 가지가 내 절망의 시간들을 견딜 수 있게 해준 희망이자 돌 파구였다.

'신의 한 수'가 된 우연

기회는 우연처럼 찾아왔다.

그러나 그 기회는 절대 우연이 아니라고 나는 믿는다. 사람의 눈으로 볼 때는 우연이겠지만, 신의 눈으로 볼 때는 어쩌면 그것은 필연이었으리라.

나는 준비된 사람에게 찾아온 기회는 운명이라고 생각한다. '기회'는 차근차근 '준비'된 사람을 만나면 '운명'으로 바뀐다. 준비된 사람이, 준비된 시간을 기다리고 있다가 그 기회를 만나면 그것은 절대로 우연이 아니라 필연이 되고 운명이 된다. 나는 그렇게 믿는다.

그 가장 대표적인 사례로 꼽을만한 것이 바로 임진왜란과 충무공 이순신 장군이다.

이순신 장군은 늦은 나이에 무과에 급제했으나 대부분의 시간을 변방을 떠돌며 하급 군관으로 지냈다. 그것도 모자라 오랑캐와의 전투에서 전공을 세우고도 이를 시기한 상관의 모함을 받아 삭탈관직 당하고 백의종군을 하기도 했다(사람들은 잘 모르지만 이순신 장군의 백의종군은 군관 시절에 한 번, 그리고 삼도수군통제사 시절에 한 번. 모두 두 번이었다).

그렇게 하급군관으로 변방을 전전하던 이순신 장군은 임진왜란을 코앞에 둔 시기에 당시 영의정이던 서애 유성룡에게 발탁되어 고속 승진을 거듭하며 전라좌수사로 부임했다. 그리고 좌수사로 부임하자마자 무너진 성벽을 건축하고, 거북선을 만들었다.

그리고 마침내 임진왜란이 발발한 것은 이순신이 거북선을 완성한 바로 다음날이었다.

다시 말하자면, 이순신은 마치 임진왜란을 예견이라도 하고 미리 준비한 사람처럼, 모든 준비를 다 마친 후에 임진왜란을 맞이한 것이다. 그리고 이순신 장군이 전사한 것이 7년 조일전쟁이 끝나는 정유재란의 마지막 날 노량해전에서였으니, 세계 역사에 이보다 더 지독한 우연이 어디 있으랴!

이쯤 되면 이것은 절대 우연이 아니라, 역사의 필연, 그리고 운명이었다고 말할 수밖에 없다. 이순신은 백척간두에 선 조선을 구하고 동아시아를 구하기 위한 '신의 한 수'였다고 나는 믿는다.

내가 감히 이순신에 비할 바는 아니나, 나도 젊은 시절에는 사업실패와 부도를 겪고, 빚쟁이를 피해 몇 년을 유랑하는 등 젊은 시절에는 이순신 장군 못지않은 고난과 고초를 겪은 사람이라고 할 수 있다.

그리고 이순신 장군께서 임진왜란을 준비한 것에는 감히 발끝조차도 따라가지 못할 지경이기는 하나, 나 또한 녹차 하나에 목숨을 걸고, 배우고 익히고 일하면서 재기를 준비하고 있었다.

그리고 마침내 일본에서 말차를 만드는 맷돌분쇄기를 들여와 녹차
사업을 위한 모든 준비를 마쳤을 때, 기회는 우연의 모습을 한 필연
으로 내게 찾아왔다. 나는 그렇게 믿는다.

그 무렵, 나는 지역봉사단체인 자율방범대에 소속되어 있었다. 그
런데 사업에 실패하고 보니 회비도 내지 못하고, 모임에 나갈 면목도
없는 신세가 되고 말았다 .
하루는 방범대에서 단합대회 겸 여행을 간다고 나보고 함께 가자
는 것이었다. "돈도 없고 너무 어려워서 나는 못 간다"고 했다. 그랬
더니 대원 한 명이 "회비는 내가 내줄테니 같이 가자. 이렇게 살다가
는 죽는다. 바람도 쐴 겸 같이 가자"고 했다. 그래서 따라 나선 길이
삼천포였다.

삼천포 앞바다를 배 타고 가는데 어떤 분이 무엇인가 열심히 카메
라로 찍고 있는 게 보였다. 그래서 인사를 나눈 후 이분과 이것저것
이야기를 나누며 연락처를 주고받았다.
그러다가 내가 만든 제품과 녹차사업에 대해서도 이야기를 했다.
그랬더니 이분 말씀이, "말씀하신 제품이 너무나 좋아서 방송에 한번
내보낼 생각이니 취재 협조를 해달라"는 것이었다. 나는 그때는 아
무것도 모르고 시키는 대로 "예"하고 대답을 했다.

그리고 시간이 한참 지났다. 집에서 한창 일을 하는데 누군가 나를

찾아온 것이다. 몇 달 전에 삼천포 앞바다에서 만난 사람이었다. 알고 보니 이분은 KBS 창원방송국 소속의 김창수 PD였다. 지금 생각하면, 보통은 방송에 나가려면 미리 연락을 하고 오는데, 이분들은 PD와 카메라 기자 이렇게 두 분이서 불쑥 찾아오기부터 하신 것이다.

그때는 잘 몰랐지만, 나중에 알고 보니 김창수 PD는 우리나라 최초로 우포늪을 촬영하여 방송 역사상 단일프로로 최고 장시간 방송으로 세계 기네스북에 오르기도 했고, 우포늪을 전 세계에 최초로 알린 유명한 PD분이셨다.

아무튼 그때는 김창수 PD가 그렇게 유명한 PD인지도 모르고, 편안하게 방송 촬영에 임했다. 잘 몰랐기 때문에 더 편하고 자연스럽게 촬영을 하게 되었는지도 모른다.

며칠 뒤 김창수 PD가 촬영한 방송이 KBS〈6시 내 고향〉에 나갔다. 그런데 방송의 후폭풍은 상상을 초월한 정도였다. 방송이 나가자마자 사람들이 구름떼 같이 밀려오기 시작했다. 녹차로 만든 우리 제품들은 그야말로 날개 돋힌 듯이 팔려나갔다. 두 달 만에 약 8천만 원 정도의 잔고가 통장에 남았다.

나중에 이 사실을 아내에게 알렸더니 아내도 내 말을 믿으려고 하지 않았다. 그래서 직접 통장을 보여주고 사실을 확인시켜 주었더니 그때서야 아내는 긴 한숨을 쉬며 얼굴에 생기가 돌아왔다. 아내도 드디어 우리에게 한 알의 밀알이 떨어져 수많은 곡식을 거두게 되는 '밀알의 기적'이 일어난 것을 믿게 되었다.

몇 년 만에 만져보는 목돈이던가. 정말 8천만 원은 우리에게 너무나 크나큰 금액이었기에 꿈인지 현실인지 믿기지가 않았다. 그러나 그 오랜 시간 동안 내가 꿈꾸고 준비해왔던 녹차사업이 드디어 결실을 맺은 것은 꿈이 아닌 현실이었다.

노력하는 자에게 불가능은 없다는 것을 확인하는 순간이었다. 다들 불가능하다고 생각했던 새로운 개념의 녹차사업이 성공을 거두는 순간이었다. 녹차를 차로 마시는 것 외에는 별다른 방법이 없던 녹차사업에, '마시는 녹차'가 아니라 '먹는 녹차'도 가능하다는 것을 확인시켜준 순간이었다.

기회는 우연처럼 찾아왔다. 그리고 그 기회는 내가 가진 믿음과 내가 준비했던 새로운 녹차식품을 만나면서 기적으로 바뀌었다.

우연이 기적으로 바뀔 때까지 참 감사한 사람들이 많다.

회비가 없어서 못 가겠다는 나대신 회비까지 내주면 나를 데려가준 자율방범대 회원.

우연한 만남에서의 약속을 잊지 않고 찾아와 좋은 프로그램을 만들어 방송에 내보내준 김창수 PD님과 카메라 기자님….

그리고 어렵고 힘든 시기를 나와 함께 견뎌준 사랑하는 나의 가족.

그리고 재기를 위해 발버둥치고 노력하는 나의 모습을 대견하게 여기시고 나의 인생 속에 절묘하게 움직여주신 '신의 한 수'에 이르기까지….

어쩌면 지금 내가 이룬 작은 성공은 이 모든 분들의 도움에 힘입은 것이리라.

녹차 때문에 울고 웃다

그토록 바라던 기회가 왔다. 나에게도 기적은 일어났다.

그러나 기회는 기회일 뿐, 사업은 결코 장밋빛만은 아니었다. 이제 나는 세상의 기업들과 정면으로 싸움을 벌이며 이겨 나가야만 되었다. 아이가 세상에 태어난 것만으로는 장성할 수 없듯이, 기업도 젖을 떼고 저 혼자 걷고, 장성한 성인이 될 때까지는 부모의 심정으로 가꾸고 길러야만 하는 것이다.

비록 내게 주어진 기회를 통해 작은 성공을 이루었다고는 하지만 아직은 첩첩산중이었다. 이제 갓 시작한, 그것도 산골에 위치한 작은 신생업체로서는 지금까지 넘어온 산보다는 앞으로 넘어야 할 산이 훨씬 더 많았다.

그동안의 사업이 지역에서 이루어지는 동네 장사였다면, 이제는 전국을 무대로 사업을 벌여야 했다. 이 업계에서 살아남으려면 어쩔 수 없이 전국구가 되어야만 했던 것이다. 이렇게 사업을 확장하다보니 어쩔 수 없이 경쟁상대가 생기게 되었다. 그런데 그 경쟁상대라는 것이 옆집 가게나 옆동네 공장이 아니라 전국, 아니 전 세계를 상대로 하는 대기업이었다.

당시의 우리 경쟁 상대는 국내 굴지의 대기업인 태평양과 동서식품 등이었다. 지리산 산골짝의 작은 업체가 국내 대기업과 같은 시장

녹차열매

을 놓고 경쟁을 하게 된 것이다.

이렇게 사업을 하다 보니 별의 별 일들이 많았다. 정말 녹차 하나 때문에 울고 웃는 일이 부지기수였다. 사업을 하면 많은 사람들을 만나는 것은 당연한 일이다. 그런데 우리의 경쟁업체인 태평양에서 일하는 아가씨를 롯데백화점에서 만난 것이 나중에 웃지 못할 화근이 되었다.

사업을 하는 사람은 잘 아시겠지만, 한 제품이 서울의 대형 백화점에 입점을 한다는 것은 보통 기회가 아니다. 그 백화점에서 판매되어 발생하는 이익 그 자체보다, 국내 굴지의 백화점 코너에서 당당히 팔리고 있다는 사실 그 자체만으로도 브랜드 효과는 엄청난 것이다.

그런데 우리 녹차 제품이 당당히 서울 한복판에 있는 롯데백화점에 입점되어 판매되는 기회를 잡게 되었다. 롯데백화점에서는 보통 한 코너에 5개의 대기업이 모여서 판매를 하는데 우리 회사는 소기업이지만 제품이 워낙 특별하다보니 롯데백화점에서 입점을 허락해 주었던 것이다.

그런데 경쟁업체인 태평양의 담장자 아가씨는 아주 교육을 철저히 받아 5개 코너 중에서 상품을 제일 잘 판매하는 아가씨였다. 내가 보기에도 판매 수완이 탁월한 아가씨였다.

그래서 내가 속으로 생각하기를 '저 아가씨를 내편으로 만들어야 벌이 향기와 꽃모양을 손상치 않고 꿀만을 얻듯이 우리 회사 매출액이 쭉쭉 올라갈 거다' 라고 생각했다. 그 아가씨로부터 판매 노하우를 배워야 우리 제품도 매출을 쭉쭉 올려서 롯데백화점에서 쫓겨나지 않고 지속적으로 물품을 납품할 수 있을 것이라 생각했다.

지피지기면 백전백승이라…. 손자병법에도 나오는 말이 아니던가.

보잘것없는 시골 회사 제품인 우리 녹차제품은 지금 우리나라 굴지의 대기업인 태평양, 동서식품, 삼화 등과 롯데백화점에서 한판 승부를 벌이고 있는 중이었다.

그런데 그 아가씨는 태평양 안에서 최고로 제품 판매를 잘하는 아가씨였다. 그래서 할 수만 있다면 그 아가씨를 우리 편으로 만들고, 그게 안 되면 그 아가씨가 가진 판매 노하우라도 배워서 그 노하우를 내 것으로 만들어야겠다고 생각했다.

그래서 나는 그 아가씨와 자주 만날 기회를 가졌고, 그 아가씨가 판매장에서 하는 행동과 말투, 말씨, 대화 내용 등을 빠짐없이 일일이 매일 메모로 기록하였다.

원래 내가 모든 기록을 잘 메모하는 게 습관화된 사람인데, 사업의 성공을 위해 목숨을 건 상황이니 그 아가씨의 외모며, 말투며 모든 것을 얼마나 꼼꼼하게 잘 기록했겠는가.

그런데 어느 날, 아내가 그 메모 기록을 보아버린 것이다. 원래 아내는 내 허락 없이 지갑이나 메모, 삐삐 등을 보지 않는 성격이다. 그런데 어쩌다가 아내가 나의 메모가 가득히 적힌 내 다이어리를 보게 된 것이었다.

문제는 그 아가씨에 대한 메모를 보는 순간, 아내가 확 돌아버린 것이었다. 나는 이런 사실도 모르고 밖에서 평소 하던 대로 일을 마치고 집으로 왔다. 그런데 아내가 나에게 메모 다이어리를 확 던졌다. 그러면서 이 아가씨에 대해서 설명을 하고 메모 내용을 읽어 보라는 것이었다.

그야말로 황당하며 기가 찰 노릇이 아닐 수 없었다. 나는 아무 사심 없이, 그 아가씨를 통해 우리 회사 제품의 매출을 높여야 롯데백화점에서 쫓겨나지 않는다는 생각으로 그 아가씨에 대한 모든 정보를 메모로 적어놓은 것인데, 그 사실을 모르는 아내는 내가 바람이라도 피는 것으로 착각을 했던 것이었다.

아내의 불같은 닦달을 당하고 나서 가만히 생각해보니, 어쩌면 메모에 대해 해석을 어떻게 하느냐에 따라 그 내용이 달라질 수도 있겠다고 생각되었다.

그래서 나는 아내에게 차근차근 말했다.

"내가 만약 그 아가씨와 정말 사귄다면 어떻게 메모지에 그렇게 상세한 내용을 기록으로 남겼겠냐? 바람피는 사람은 증거가 될만한 건 없애는 게 상식 아니냐? 내가 정말 바람이라도 핀다면 미쳤다고 그 내용을 메모로 남기겠냐?"

나는 아내를 달래어 보았지만 아내는 좀처럼 내 말을 믿지 않았다. 미치고 펄쩍 뛸 노릇이었다.

메모 내용만 본다면 아내가 오해를 할만은 했다. 하지만 그렇다고 피지도 않은 바람을 핀 것으로 오해를 받다니…. 바람이나 펴보고 그런 오해를 받으면 차라리 억울하지나 않겠는데, 이건 회사 살려보겠다고 애써 노력하다가 졸지에 아내에게 바람둥이로 오해를 받다니, 이건 참 웃을 수도 울 수도 없는 노릇이었다.

아무튼 이 일은 녹차 때문에 일어난, 웃을 수도 울 수도 없는 해프닝이었다.

아내가 오해를 하거나 말거나, 다행히 내 노력이 하늘에 닿은 것인지, 우리 제품은 롯데백화점에서 철수하지 않고 지속적으로 판매를 계속할 수 있게 되었다.

녹차로 인해 이런 울고 웃는 우여곡절들을 겪으며 녹차사업은 계속 이어져갔고 해를 거듭할수록 성장하고 안정되어갔다.

녹차로 인해 부도도 나고, 빚쟁이한테 쫓기고, 방송에 나가 대박도 나고, 아내에게 바람핀다고 오해도 받고… 많은 일들이 있었지만, 지금도 나는 녹차에 바친 나의 젊음과 녹차를 향한 나의 애정에 후회하지 않는다.

녹차는 내 인생의 전부다. 녹차는 나의 모든 것이다. 내 인생은 녹차를 빼고나면 빈 껍데기와 같다.

지금도 푸름으로 녹차 밭이 짙어지면 나는 내 딸 수아, 내 아들 바울이와 함께 녹차의 푸른 잎을 한 잎 두 잎 채취하면서 소곤소곤 이야기를 한다. 내가 사랑하는 아이들과 내 인생의 모든 것을 걸고 가꾼 야생녹차 밭에서 보내는 시간은 나에겐 황금같은 시간이다.

녹차는 나의 환상이었고, 그 환상을 현실로 이룬 지금 녹차 밭은 내게 꿈의 동산이다. 세상에 이보다 더 행복할 수 있으랴. 이젠 부러운 것도 없다.

요즘도 나는 내 꿈의 동산인 녹차 밭에서 녹차를 따다가 지치면 아내와 함께 점심 바구니를 풀어놓고 막걸리 한 잔으로 노고를 식히며 아내와 두런두런 지난 시절들에 대해 이야기한다.

아내의 따뜻한 손길로 지은 점심이 우리를 기다리는데 더 이상 무엇이 부러우랴. 내게는 '언젠가는 우리도 온 가족이 모여 마음 놓고 밥 한 번 제대로 먹어보고 싶다' 는 게 소원이던 시절이 있었다.

빚쟁이들의 눈치를 보느라 밖에서 바스락거리는 소리만 나도 귀를 쫑긋 세우며 가슴 졸이던 우리 가족이 아니던가. 그때에 비하면 지금의 우리는 천국에 있는 것이나 마찬가지다.

이 모두가 녹차가 나에게 가져다준 행복이다.

녹차는 신이 인간에게 내린 마지막 선물

나는 녹차야말로 신이 인간에게 내려준 마지막 선물이라고 생각한
다.

하지만 많은 사람들은 신이 우리에게 주신 선물인 녹차에 대해서
잘 알지 못한다. 녹차에 대해 잘 알지 못하니 녹차를 활용하는 방법
에 대해서는 더더욱 잘 알지 못한다.

불과 얼마 전까지만 해도 사람들은 녹차를 우려 마시는 것으로만
생각했지 '먹는 녹차'는 생각하지 못했다.

녹차는 보통 4월부터 5월에 이르기까지, 채취시기에 따라 우전, 세
작, 중작, 대작으로 나눈다. 그리고 대작 채취가 끝나면 그때부터 녹
차는 무방비하게 버려지고 만다.

나는 '신이 내린 선물 녹차를 저렇게 왜 버릴까? 다른 용도로 사용
할 수 없을까? 버려지는 녹차 잎을 다른 용도로 사용만 할 수 있다면
새로운 농가소득은 물론이고, 일자리도 창출되고 우리 농민들이 잘
살 수 있을 텐데'하는 깊은 고민에 빠지기 시작했다. 그러나 아무리
생각해도 어떤 뾰쪽한 방법이 없었다.

사람들은 보통 '녹차'하면 다기에 넣어 차로 우려 마시는 게 전부

였다. 이렇게 마시면 녹차의 30%만 마시고 70%는 버리는 것이다. 그래서 나는 우려낸 녹차 잎이 버려지는 게 너무나 안타까워 녹차를 100% 먹을 수 있는 녹차 제품을 만들기로 마음을 먹고 연구에 몰두하기 시작했다.

우리 집안은 화개골에서 7대째 녹차 농사를 지어오며 살고 있지만 녹차는 보통 비상약으로 쓰거나 나물로 무쳐먹고 손님이 오면 싸주는 정도였다.

지금껏 수백 년 동안 녹차는 우려 마시는 것으로만 이어져온 게 전통이라 우려 마시는 것 외에 특별히 다른 용도로 녹차를 활용한다는 것은 불가능하다고 사람들은 믿고 있었다.

지금이야 녹차 제품들이 다양하게 개발되어 시중에 판매도 되었지만 내가 녹차식품을 개발하기 시작할 당시에는 녹차는 우려 마시는 것 외에는 상상도 못했던 것이다. 그래서 나는 특별한 상품을 만들고 싶었다.

여기에는 언젠가 본 SF영화 〈엽록소 인간〉의 영향이 컸다. 〈엽록소 인간〉은 재생 능력이 탁월한 엽록소의 특징을 부각시킨 영화였다.

그래서 버리는 녹차 잎을 가지고 내가 처음 생각한 게, 어렵고 배고픈 시기에 쉽게 먹고 싸게 구입할 수 있는 먹거리 제품을 만드는 것이었다. 즉, 녹차를 분말로 만드는 것인데, 녹차 잎에서 엽록소를 추출하여 녹차 즙과 밀가루를 혼합해 녹차국수, 녹차냉면 등을 만드는 것이었다.

보통 국수는 하얀색을 띄는데 나는 엽록소처럼 자연 그대로 푸른색을 띄는 국수를 만들고 싶었던 것이다. 문제는 그렇게 간단하지 않았다. 결코 쉬운 일이 아니었다.

나는 〈엽록소 인간〉 영화를 보면서 녹차 엽록소야말로 진시황이 찾던 불로초라 생각했다.

내 머릿속에는 우려 마시는 녹차가 아니라, 엽록소를 추출하여, 먹는 녹차 제품을 반드시 만들겠다는 생각이 가득 했다.

그래서 녹차선진국인 일본의 이름도 모르는 산천을 떠돌면서 녹차의 재배 상황과 녹차가공 공장을 둘러보았다. 먹는 녹차를 개발해서 성공해 보겠다는 야무진 꿈을 꾸고 있었던 것이다.

약 3년의 시행착오와 실패를 거듭하며 연구한 결과, 드디어 일반 국수와는 차별화되고 누구도 흉내조차 낼 수 없는 첫 녹차 시제품 녹차국수, 녹차냉면 등이 개발되었다.

그리고 마침내 한국 최초로 KBS 〈9시 뉴스〉를 통해 세상에 알려지고나니 지금껏 녹차에 대해 사람들이 가진 고정관념과 생각은 한꺼번에 무너지고 말았다.

'국수는 하얀 색' 이라는 개념이 완전히 무너진 것이다.

이렇게 되어 푸른색 녹차국수가 처음으로 세상에 선을 보였다. 처음엔 사람들은 직접 눈으로 보고도 잘 믿으려 하지 않았다. 푸른색 국수란 도저히 만들 수 없는 제품이라고 생각했다. 색소를 넣지 않고서는 푸른색 녹차국수를 만들 수 없다면서 "방송이 거짓말을 했다"고 야단법석을 떠는 사람도 있었다. 이때부터 푸른색 녹차국수, 녹차냉면 등이 시장에 선을 보이기 시작했던 것이다.

사람들이 얼마나 신기했던지, "푸른색 녹차국수라니? 그런 건 없다. 가짜다"라고 방송국에 전화를 너무 많이 해 나중에는 녹차국수 만드는 제조 방법을 직접 취재한 기자도 다시 나에게 전화를 해서 물었다. "색소를 넣지 않고 푸른색 국수를 만들 수 있지요?"라고.

나는 대답했다. "직접 녹차국수 제조하는 방법을 눈으로 보지 않았습니까?"라고 했더니 "사람들이 색소를 넣지 않고는 푸른색 녹차국수, 녹차냉면 등을 만들 수 없다고 너무 많이 이야기하니 기자인 나도 헷갈린다"고 말할 정도였다.

아무튼 제품 초기에 이런 해프닝들을 겪고 난 뒤에, 시험 가동으로 만든 시제품들은 대성공을 거두었다. 그래서 나는 시제품의 성공을 바탕으로 이제 본격적인 녹차국수를 대량으로 만들기 위해 〈산골제다〉란 회사를 창업하게 되었다.

그러나 빈손으로 열정만 가지고 회사를 창업한다는 것은 쉬운 일이 아니었다. 3명이 동업하다 망한 〈삼진산업〉의 부도금액이 너무 컸던 탓에, 다시 회사를 세운다는 건 상상하기 힘든 일이었다.

도저히 회사를 세울 수 없는 형편인 데도 내가 다시 공장을 짓는다고 땅을 개간하고 공장을 세우니 사람들은 "저번 회사 부도 충격이 너무 크다보니 제정신이 아니고 미쳐버렸다"고 수근거렸다.

공장을 짓는 곳도 도로라고 해봐야 겨우 경운기 한 대 정도 다닐 수 있는 좁은 농로길이었다. 그렇게 깊은 산중에 공장을 세운다 하니 그럴 만도 했을 것이다.

그렇지만 나는 사람들의 따가운 시선을 아랑곳하지 않고 가까스로 공장을 짓는 데까지는 성공했다. 그런데 회사를 운영할 운영비가 없었다.

그래서 나는 수아의 교통사고 보험금과, 지인들이 내가 불쌍하니 다시 사업을 일으켜 세우는데 쓰라고 십시일반으로 모아준 금액이 들어있는 통장을 아내 몰래 빼냈다. 그 돈으로 국수 기계와 밀가루를 사서 녹차국수 녹차냉면 등을 만들어 전국의 시장에 시제품을 뿌렸다.

그 일만으로도 자본이 바닥났다. 겨우 20일만이었다. 약 2억 원의 통장 잔고가 20만원으로 줄어들었다. 아내가 이 사실을 알고는 난리가 났다. 자식 치료비도 없이 다 사용해 버렸다고, 아내는 더 이상 못

산다고 울고불고 난리였다. 수아의 보험 보상 문제에 관여했던 변호사도 믿기지 않는다는 듯이 "어디다 썼길래 그 많은 금액을 단시간에 다 사용했냐"고 물었다.

하지만 나는 자신을 믿었다. 시제품을 뿌렸으니 곧 기별이 올 것이라고 아내를 달래며 세월을 보냈다. 그러나 시간이 갈수록 힘이 빠지고 불안했다. 해가 바뀌고 6~7개월이 흘렀는데도 아무런 기별도 없었다.

알고 보니 녹차냉면의 원가가 너무 비쌌던 것이 문제였다. 다른 냉면 재료는 비싸야 250원에서 300원인데 녹차냉면은 원가가 1,000원이 넘었다. 그러니 시장에서는 나를 철저히 외면한 것이다.

나는 절망에 빠졌다. 나는 딸의 치료비마저 다 써버린 용서 받지 못할 인간이 되어가고 있었다.

이렇게 절망에 빠져있던 1998년 5월 12일. 〈6시 내 고향〉 창원 편에 산골제다의 녹차국수, 녹차냉면이 소개되었다. 방송이 나가자 난리가 났다. 6시 30분쯤 방송이 시작되었는데 그때부터 시작해서 한두 시간 뒤에는 전화가 마비되고, 우리 집 앞에 차들이 빽빽이 들어차더니, 그 다음날은 사람들이 구름떼 같이 몰려들었다.

기적이 일어난 것이었다. IMF로 직장에서 명예 퇴직하고 직업을 실직한 사람들이 퇴직금 받은 것으로 무엇을 할까 고민 중에 있었는데 TV방송에 신기한 제품이 나오니, 이걸로 냉면이나 국수집이라도 차려 IMF 구제금융 위기를 벗어나 보겠다고 생각한 사람들이 구름처럼 몰려들기 시작한 것이었다. 그때부터 내가 만든 녹차제품은 날개 돋힌 듯 판매가 되기 시작하였다.

　　그것은 몇 달 전 우연히 삼천포 뱃전에서 건넨 술 한 잔이 가져다 준 기막힌 행운이었다. '위기는 기회다'는 말 그대로, IMF사태라는 국가적 위기가 내게는 둘도 없는 기회로 찾아온 것이었다. 남들은 IMF 외환위기로 회사가 부도나고 나라가 시끄러울 때 오히려 나에게는 기회가 온 것이다.

녹차냉면

나는 정말 〈엽록소 인간〉처럼 죽지 않고 다시 되살아났다. 그 뒤로 사업은 승승장구했다.

국내는 물론이고 2001년 9월부터는 미국 LA로 첫 수출 길도 열었다. 미국 교포를 통해 약 20만 달러의 제품을 계약했는데 나도 믿기지 않았다.

이렇게 작고 깊은 산중에서 제조된 우리제품이 어떻게 미국이란 거대한 나라에 나갈 수 있단 말인가? 우리 회사 전 직원들도 어리둥절했다. 그러나 그것은 꿈이 아니라 현실이었다. 우리가 만든 제품이 컨테이너에 선적되어 부산항을 통해 배는 이미 태평양을 달리고 있었다.

지리산 산골에서 우리가 만든 녹차제품이 미국 LA에서 히트 치는 것을 보고 우리는 서로 부둥켜안고 감격의 눈물을 흘렸다.

어렵고 험난했던 긴 터널을 빠져나오는 순간이었다. 춥고 힘들었던 고난의 길을 넘어 이제는 자유를 얻어 창공을 날아다니는 새처럼 자유를 되찾은 순간이었다.

그 순간 나는 나를 도와주었던 고마운 사람들을 다시 기억했다. 그리고 그 이전에는 감히 꿈꿀 수 없었던 작지만 원대한 꿈을 새로 꿈꾸기 시작했다.

그것은 어렵고 힘들 때 많은 분들이 나를 도와 준 것처럼, 나도 소외되고 어려운 사람들을 위해 베풀고 봉사하는 삶을 사는 것이었다.

내 이웃, 내 주위 사람들부터 시작해서 다른 사람들을 도와줄 수 있는, 작지만 튼튼하고 건전한 회사를 만들어가는 것이었다.

신이 나에게 주신 '녹차'라는 마지막 선물을 통해 내가 희망을 되찾았듯이, 나도 누군가에게는 희망이 되고 싶었다.

평생을 꿈꾸어온 녹차를 통해 나의 꿈을 찾았듯이, 나도 누군가에겐 꿈이 되고 싶었다. 꿈을 키워주는 사람이 되고 싶었다.

녹차 예찬

　나에게는 세상 그 무엇과도 바꿀 수 없는 소중한 것이 있다. 그것은 바로, 가족이다.

　여섯 살 때 처음 만나 어느덧 나에게 첫 사랑이었다가 지금은 내 평생의 사랑, 내 영원한 사랑이 된 사랑하는 나의 아내, 그리고 시련을 딛고 아름답게 성장해준 어여쁜 딸 수아, 언제나 아빠의 듬직한 자랑거리이자 희망인 우리 아들 바울이. 이들이 바로 내가 이 세상에서 가장 사랑하는 내 목숨같이 소중한 내 가족이다.

　그런데 나에게는 또 하나의 가족이 있다.

　내가 힘들 때나 즐거울 때나 변함없이 내 곁에서 나를 지켜준 내 평생의 동지이자 친구 같은 가족이 있다. 바로 녹차다.

　녹차!

　나는 그 이름을 듣기만 하여도 싱그러움에 빠져든다. 뼈 속을 파고드는 칼바람 속에 모두가 숨을 죽이고 있을 때 저 홀로 푸르름 잃지 않는 도도한 겨울 친구, 녹차.

　겨울을 이겨내는 강한 생명력을 지닌 녹차. 그 속에는 아무리 추운 한겨울에도 봄을 기다리는 희망이 깃들어 있다. 시련이 와도 굴하지 않고 당당히 맞서 싸워 이겨내는 강한 투지와 끈기가 있다.

녹차는 아무리 뜯고 뜯어도 다시 돋아나는 끈질긴 생명력이 있다. 제 온몸을 찢겨가며 인간들에게 제 부드러운 새싹과 온갖 탐스러운 좋은 것들을 내어주면서도 다시 살아나는 강인한 생명력을 가졌다. 아무리 짓밟혀도 다시 딛고 일어서 뿌리를 내리며 다시 살아나는 우리 민족의 혼이 서려 있는 듯하다.

천년의 아픔을 견디며 살아온 녹차나무는 어떤 폭풍우가 몰아쳐도 생명의 끈을 놓지 않고 꿋꿋하게 살아가는 이 땅의 민초를 닮았다. 그래서 더욱 친근하다.

나는 이내 녹차의 강인함과 절개에 도취되고 만다.

잔설이 내리는 2월이 되고 잡초들은 겨울바람에 얼어 바삭바삭 소리 내며 핼쑥한 얼굴로 봄을 기다리고 있을 때, 양지바른 바위틈에서 녹차는 아무도 모르게 저 홀로 여리고 보드라운 새순을 틔운다.

아아, 저 어린아이처럼 해맑은 얼굴!

아무 것으로도 꾸미지 않은 녹차의 민낯은 어찌 그리 풋풋하고 싱그러운지. 나는 잠시도 녹차의 어린 싹에서 눈을 뗄 수가 없다.

이렇게 아름다운 녹차와 매일 마주하고 있으니 내가 녹차의 매력에서 결코 벗어나지 못하는 것이리라.

녹차는 내게 너무나 매혹적이다. 녹차는 내게 마약보다 더 강력한 유혹이다.

지리산 야생녹차

　나는 녹차와 인연을 끊어보려고 수없이 노력했지만 인간의 힘으로
는 안 되는 것 같다.

　이런 녹차가 겨울을 딛고 자라나, 온 산을 푸른 신록으로 물들이는
3,4월이 되면 나의 마음은 분주해진다. 먼 산봉우리들 위에는 아직도
흰 눈이 하얗게 덮여 있는데 그 아래 산등성에는 봄의 따뜻한 기운을
받아 녹차의 푸른 잎들이 봄을 노래하고 있으니 내 마음이 즐거워진다.

　나는 곱디고운 어린 녹차 잎들은 모아 품에 안는다. 갓난 애기처럼
조심스럽게 모셔온 녹차의 어린 잎들을 400도가 넘는 가마솥에 가만
히 부어넣는다. 후드득 후드득 여름날의 소나기소리 내며 녹차 덖는

소리가 내 귀를 자극하고, 향기로운 녹차 향은 내 코끝을 마비시켜
버린다.

땀방울이 구슬처럼 옷 속을 흐르며 소낙비 맞은 옷보다도 더 흠뻑
적시지만 이 땀방울들은 무더운 여름날 계곡물에서 목욕하는 것보다
도 더 시원하게 내 가슴을 적신다.

농부는 땀방울로 사랑과 행복을 느낀다. 땀방울 속에 꿈이 있고 미
래가 있다.

땀방울을 흘릴 때면 나는 언제나 즐겁다. 녹차를 만드는 것은 내게
세상에서 가장 즐거운 노동이다.

몸은 피곤하고 지쳐가도 마음은 언제나 행복하다. 녹차를 만든 뒤
에 느끼는 몸의 나른함은 내 영혼의 휴식이다.

녹차는 내 혀끝이 아니라 내 영혼의 끝에 닿아 내 인생을 향기롭게
한다.

어느새 녹차는, 끊으려고 노력해도 끊을 수 없는 나의 가장 친한
벗이 되었다.

'친구여, 우리 충분히 즐거운 시간을 보냈고 밤도 깊었으니 이제는
그대로 그대의 갈 길로 가시게.' 오랜 벗을 아쉬움 속에 떠나보내듯,
내가 녹차를 놓아주려 해도 이제는 녹차가 나를 놓아주지 않는다.

오랜 벗에게 놀러왔다 벗을 쉽사리 떠나지 못하고 그 옆에 움막 하
나 새로 짓고 계절을 함께 나려는 진정한 벗과 같이 녹차는 이미 오

래 전에 내 곁에 머물러 앉았다.

　6월이 되면 녹차는 절정의 아름다움을 풍긴다.

　찬란한 6월의 아침 태양 아래 눈이 부시도록 파란 초록 잎을 품어
내는 자태는 원래는 신만이 감상하던 천국의 풍경인데, 그것을 인간
에게도 허락한 것이 바로 6월의 녹차 밭이다.

　초록으로 변해버린 녹차…. 물끄러미 바라보면 어느덧 서산의 해
는 저물고, 나는 무엇엔가 홀린 듯 녹차의 아름다운 자태에서 헤어나
지를 못한다.

　세상에 이보다 아름다운 세상이 또 있으랴.

　6월의 장마비 속에 자욱한 안개천사들은 너울춤을 추면서 내 집
앞산 녹차 밭 능선에 고이 내려앉는다. 산허리에 구름으로 만든 천사
의 하얀 띠를 두르고 녹찻잎 천사의 초록 옷자락을 휘날리는 풍경을
보고 있으면 '여기가 천국인가, 아니면 내가 지금 꿈속인가' 나는 헷
갈린다.

　이런 절경에 어찌 막걸리 한 사발이 빠질 수 있으리.

　천국의 풍경을 안주 삼아 어찌 구성진 노랫가락 한 자락 흘러나오
지 않으랴.

　나도 모르게 흥얼흥얼 이름 모를 노래가 흘러나오면 천사도 내 흥
겨운 마음을 아는지 사뿐사뿐 춤추며 날아와 내 발 밑에 머문다.

이윽고 술기운에서 깨어 천사의 옷자락을 한번 잡아보고 싶어 옷
깃이라도 스칠라 치면 꿈에서 깨듯 천사는 홀연히 사라지고 없고 내
손바닥에는 녹찻잎 몇 장, 천사의 자취만을 남긴다.

어느새 겨울….

세월이 바뀌어 흰 눈 소복이 내려앉는 세상이 되면 녹차 또한 다른
모습으로 변화를 이룬다. 밤새 눈꽃을 흩날리는 선녀들은 하늘에서
사뿐 사뿐 소리 없이 내려와 녹차 위에서 하얀 소복으로 갈아입고 온
세상을 하얀 백지로 만든다.

아무도 스치지 않은 길, 수북하게 쌓인 눈 위로 나는 발자국을 남
기며 녹차에게 달려가 소근 소근 얘기를 나눈다. 녹차는 바람결에 꿈
틀거리며 반가운 듯 인사를 나눈다.

녹차는 어린 애기 같고 사춘기 소녀 같다.

조심스레 다루지 않으면 녹차는 금방 질투한다. 내가 녹차에게 무
엇을 원하며 바라는지 녹차는 금방 알아차린다. 그래서 녹차 앞에서
는 거짓도 못하고 게으름도 못 부린다. 조금만 잘못을 하면 녹차는
이유나 변명도 듣지 않고 자기 갈 길을 가버린다.

제대로 된 향과 맛을 가진 녹차를 쉽사리 구하기 어려운 것이 이런
이유다. 녹차는 녹차를 따서 덖고 말리는 사람의 손길을 안다. 그 마
음을 안다. 그 손길, 그 마음을 향과 맛으로 바꾸는 신비한 재주를 가
졌다.

　인간은 남을 속이며 거짓말도 하지만 녹차는 어떠한 거짓과 속임도 없다. 녹차는 주는 만큼 받고, 받은 만큼 나에게 되돌려준다. 그래서 온 정성과 마음을 다해 최선을 다해 나는 오늘도 녹차와 함께 한다.

　녹차 천국…. 이보다 아름답고 행복한 천국이 또 어디 있으리.
　오늘도 나는 우리 집 앞마당에서 집 앞 매봉산을 홀로 바라보며, 따스한 녹차 한 잔을 따른다. 꽃잎 한 송이 따다 찻잔 위에 띄워본다.
　그리고 깊게 가라앉은 내 영혼의 심연 속으로 녹차 향을 감미롭게 들이 마신다.

　오늘도 나는 녹차와 함께 천국에서 하루를 보낸다.

제5부

눈물은 꽃잎 되어
섬진강을 흐른다
— 내 딸 수아에게 보내는 편지

아빠의 눈물은 꽃잎 되어
섬진강을 흐르는구나

아빠의 가슴에 한으로 맺힌 내 딸 수아.
아빠가 너에게 편지를 쓴다.

아빠는 네게 들려주고 싶은 이야기가 참 많단다.
그런데 정작 너에게 이야기를 들려줄만한 기회도 시간도 그리 많지 않구나.
내가 엄마였다면 네 손 꼭 잡고 밤을 새워가며 여자들끼리 오순도순 이야기를 나누든지, 네가 딸이 아니라 아들이었다면 사내들끼리 목욕탕에서 등이라도 밀어주면서 이런 저런 이야기를 주고받았을 텐데, 아빠와 딸 사이란 게 그렇게 다정하지만은 않은 사이라, 아빠에게는 약간의 어색함이 남아 있구나.

수아야.
너를 볼 때마다, 너를 생각할 때마다 아빠가 얼마나 많은 눈물을 흘렸는지 아니?
그동안 너로 인해 흘린 아빠의 눈물은 꽃잎이 되고 강물이 되어 섬진강을 흐른단다. 너를 볼 때마다 아빠가 흘렸던 그 수많은 눈물들을 먹물 삼아 아빠는 이렇게 너에게 편지를 쓴다.

아빠는 네가 걸을 때 기우뚱거리는 모습만 봐도 눈물을 참을 수 없단다.

이 모든 것이 아빠 탓이다, 내 잘못이다 생각하며 가슴을 치며 남몰래 통곡한 적이 한두 번이 아니란다.

아빠가 좀더 네게 관심을 기울였더라면, 그때 아빠가 부도나서 빚에 쫓겨 다니는 상황만 아니었더라면, 아빠가 돈 많은 부자여서 너를 서울의 큰 병원에 입원시켜 제대로 수술이라도 받았더라면….

이 모든 후회들은 아빠 스스로를 자해하는 칼날이 되었고, 그럴 때마다 아빠의 눈에서는 눈물이 아니라 핏물이 흐르는 것 같은 심정이었단다.

네가 6살 때 집 앞에서 교통사고를 당해 의식이 없을 때, 병원에서는 "워낙 심하게 다쳤기 때문에 지금 생사를 알 수 없습니다. 경과가 좋아서 살아난다고 하더라도 오른쪽 팔다리에 마비가 올 가능성이 높습니다. 각오하셔야 합니다"라고 했단다. 그 말은 아빠에게는 마치 아빠의 사형선고처럼 들렸단다.

아직 제대로 피어보지도 못한 예쁜 우리 딸이 오른쪽 팔다리 마비라니, 포기하라니… 아빠에게는 그날은 하늘이 무너져 내린 날이었고, 한동안 아빠의 눈앞에는 아무 것도 보이지 않았단다.

"신이시여, 제발 우리 딸 수아의 목숨만은 살려 주소서, 하실 수 있다면 제발 제 팔다리를 가져가시고 수아의 팔다리는 정상으로 돌려놓아주소서."

아빠의 기도에 응답하신 것인지, 그런 시련을 겪고도 더욱 단단하고 예쁘게 자라는 게 네 운명이었던 것인지, 정말 감사하게도 너는 25일 만에 드디어 의식을 회복하고 깨어났단다.

그 날, 아빠는 신께 감사하고, 너에게 감사하고, 네 엄마에게 감사하고, 의사 선생님께 감사하고… 얼마나 고맙고 감사했는지 모른단다. 지난 25일을 눈물과 간구로 밤을 지새웠다면, 그 이후에는 감사와 감동으로 밤을 새웠단다.

수아야, 그만큼 너는 소중한, 아빠의 삶의 이유이고, 아빠의 희망이란다.

수아야, 고통 속에서도 인내할 줄 알고 웃을 줄 아는 내 딸.

아빠는 네가 대견스럽고 자랑스럽다.

수아야, 너는 아빠의 보람이고 자랑이란다.

이제 문학도의 길을 걸으며, 한 줄 두 줄 눈물로 종이를 적시며 글을 써내려가는 내 딸.

네가 이렇게 잘 자라주어서 어느덧 벌써 문예창작학과 4년 졸업반이 되었다니 세월이 참 빠르구나.

잘 자라주어서 고맙다, 내 딸.

이렇게 예쁘게 자라주어서 고맙다, 수아야.

아빠에게는 소망이 있단다.

그것은 우리 가족들이 가진 재능들을 한 자리에 모아 전시회를 갖는 것이야. 엄마는 그림을 잘 그리니 그림을 그리고, 아빠는 목공예를 만들고, 그리고 바울이는 사진을 찍고, 그리고 너는 글을 써서 책을 내어 섬진강 하얀 은빛 모래사장에서 합동 야외전시회를 갖는 것이 아빠의 꿈이란다.

남들은 이런 아빠를 보고, 자식 자랑 아내 자랑하는 팔불출이라고 놀릴지도 모르지만, 수아가 대학을 졸업하는 날, 따뜻한 봄날에 꼭 합동 야외전시회를 한번 가지고 싶구나.

그것이 수아를 바라보면서 꿈꾸는 아빠의 작은 소망이란다.

잘 자라주어서 고맙다 수아야.

제2신:
네 엄마와의 결혼은 기적이었다

수아, 바울아.

오늘은 너희들에게 엄마 아빠가 어떻게 만났는지를 이야기해주고 싶구나.

그 동안 한 번도 엄마 아빠가 어떻게 처음 만났는지, 어떻게 사랑하고 결혼하게 되었는지 제대로 이야기해준 적이 없었지?

오늘은 그 이야기를 해주고 싶구나. 왜냐하면, 너희들이야말로 엄마 아빠의 사랑의 결실이거든. 엄마 아빠가 없었다면, 서로 결혼하지 않았더라면 지금처럼 예쁘고 사랑스러운 수아와 바울이도 세상에 없었겠지.

그러니까 어떻게 말하자면, 엄마 아빠의 사랑 이야기는 너희들에겐 창세기와 같은 이야기란다. 지금부터 아빠가 들려주는 이야기는 수아와 바울이가 어떻게 해서 세상에 태어나게 되었는지, 너희 둘이 생겨나기까지의 이야기야.

엄마와 아빠는 어릴 적에 한동네 아랫집 윗집에서 자랐단다.

아빠가 엄마를 처음 만난 것은 엄마가 6살 정도 되었을 때였지. 6살 네 엄마가 긴 머리에 댕기를 하고 다니던 모습이 아직도 아빠의 뇌리에서 지워지지가 않는단다.

그때만 해도 엄마와 아빠가 인연이 되어 부부가 될 것이라고는 누가 알았겠니? 아빠도 상상 못한 일이었지.

6살 어린 나이에 네 엄마를 처음 보았는데 나중에 다시 만나 사랑하게 되고 그 사랑이 열매를 맺어 결혼하고 너와 바울이를 낳았으니 다시 생각해도 엄마 아빠는 하늘이 맺어준 천생연분이라고 아빠는 생각한다.

엄마 아빠가 다시 만난 것은 아주 오랜 시간이 흐른 뒤의 일이었단다. 아빠가 직장을 다니다 그만 두고 대학에 진학하려고 고향 집에 다시 내려오면서 네 엄마를 10여 년 만에 다시 만나게 되었지.

6살 꼬마아이에서 어느새 숙녀가 된 네 엄마의 모습은 해같이 맑고 아름다움 그 자체였단다. 어찌나 맑고 예쁘고 아름다운지, 그 모습은 마치 수선화, 제비꽃, 달맞이꽃… 세상 어느 꽃인들 네 엄마처럼 그렇게 맑고 아름다울 수가 있었을까.

아빠는 정말 태어나서 네 엄마처럼 맑고 아름답고 정겨워 보이는 여자를 세상 어디에서도 만난 적이 없었단다. 정말 꿈에서나 만나 볼 수 있는 여인이었지. 아빠는 첫눈에 보자마자 네 엄마에게 반했단다. 나도 모르게 심장이 두근거리고 네 엄마 앞에만 서면 애꿎게 뛰어오르는 내 가슴을 어떻게 할 수가 없었단다.

엄마와 아빠의 인연은 아무리 되돌아보아도 사람의 힘으로는 만들 수 없었던 일인 것 같아. 염소 한 마리가 우리의 인생을 바꾸어 놓을 줄이야 누가 알았겠니.

사실, 아빠는 10여 년 만에 네 엄마를 다시 만난 순간 사랑에 빠졌었단다. 장난처럼 네 엄마 엉덩이를 한번 발로 찼다가 네 엄마의 삐진 모습이 얼마나 예쁘고 사랑스러웠는지 아빠는 첫눈에 네 엄마에게 반했지.

그런데 네 엄마도 아빠에게 호감은 있었지만, 쉽게 아빠에게 마음을 허락하지는 않았단다. 그래도 다행히 아랫집 윗집 살면서 아빠와 엄마는 서로 비슷한 시간에 염소 풀을 먹이러 다니곤 했는데, 그때가 아빠에게는 절호의 기회라, 네 엄마가 아빠에게 호감을 느낄 수 있도록 노력을 많이 했지.

그러던 어느 날 네 엄마가 염소 한 마리를 잃어버렸어. 그런데 염소를 잃어버린 것을 알면 집에 돌아가서 혼날 것이 분명하기 때문에, 아빠네 염소를 엄마에게 몰래 주었지. 그리고 엄마는 염소를 잃어버린 적이 없고, 아빠가 염소를 잃어버린 척했지.

그런데 그게 네 엄마의 마음을 움직인 거야. 엄마도 아빠가 싫지는 않았었대. 하지만, 조그마한 시골 동네에서 처녀 총각이 연애한다는 소문이 나면 그 자체도 큰일이거니와, 만약 그 연애가 깨지기라도 한다면 엄마는 그 동네에 계속 살 수가 없는 상황이었어. 엄마 아빠가 자랐을 때는 그랬어. 그때는 연애하다 헤어지는 게 요즘 시대에 이혼하는 것보다 더 동네 창피한 일이었거든.

그래서 엄마도 아빠를 좋아하는 마음을 꼭꼭 숨기고 있었는데, 아빠가 엄마를 위해서 우리집 염소를 내어주면서까지 엄마를 먼저 생각하고 배려하는 마음에 엄마의 마음이 움직인 거야. 더 이상 동네 소문 따위는 두려워하지 않을 용기가 생긴 거지.

세상일을 누가 미리 알겠니? 엄마가 염소 한 마리를 잃어버린 그 일이 아빠에게는 천재일우의 기회가 될 줄이야. 지금 생각해보면, 엄마가 잃어버린 그 염소에게 아빠는 무지 고마워해야 하는 거지.

그 뒤로 엄마 아빠는 서로를 향한 마음을 확인하고 염소 풀을 먹일 때마다 우리는 화개천의 바위 위에서 사랑을 소근거렸지. 엄마와 함께 있으면 세상의 온갖 시름들이 모두 다 날아가 버리는 그런 기분이었단다.

세상의 무엇과도 바꿀 수 없는 행복이었지. 이렇게 엄마 아빠는 무려 7년 동안이나 아무도 모르게 서로를 향한 사랑과 믿음을 키워왔단다.

그런데 엄마 아빠에게 큰 시련의 광풍이 찾아왔어. 그게 아빠가 기억하는 첫 번째 시련이었지. 이제 네 엄마도 나이가 들었고 아빠도 나이가 있으니 서로 집안에서 결혼에 대한 이야기가 나올 때가 된 거야.

그런데 네 엄마 집은 아빠 집에 비하면 정말 잘 사는 집안이었어. 딸 가진 부모로서 아무것도 가진 것 없는 아빠 같은 사람에게 딸을 시집보낼 부모는 아마 이 세상에 아무도 없을 거야 그 당시, 아빠가 변변한 직장이 있나, 그렇다고 우리 집이 잘사는 집안인가, 또 그렇다고 아빠가 잘 생기기라도 했나, 어느 것 하나 당당하게 내놓을만한 것이 없었지. 그건 누구보다도 아빠 자신이 더 잘 알고 있었어.

어느 것 하나 제대로 된 것 없고, 엄마와는 비교도 되지 않으니, 누구 하나 아빠와의 결혼을 찬성해 줄 리 만무했어. 엄마와 아빠가 남몰래 사귄다는 것을 대충은 눈치채고 있던 네 외할머니도 엄마 아빠의 결혼만은 결사 반대였어.

장모님께서 매일 하시는 말씀이 있었지.

"얼굴이 못 생기면 뜯어 고칠 수라도 있고 돈이 없으면 살아가면서 벌면 된다고나 하지, 도대체 키가 작은 것은 어떻게 고칠 수도 없는 병이다."

아빠의 키가 작은 게 장모님이 엄마 아빠의 결혼을 반대하게 된 결정적인 이유였단다.

그런데 문제는, 장모님 말씀대로, 아빠도 작은 키는 도무지 어떻게 해볼 수가 없었다는 거지. 키를 키우는 무슨 수술 같은 게 있는 것도 아니고, 다 큰 성인이 키가 더 자랄 것도 아니고… 키에 대해서는 아빠도 뭐 어떻게 해볼 도리가 없더구나.

그저 아빠가 할 수 있는 말은 "작은 고추가 더 맵습니다" 이 말밖에 없었지.

주어진 내 운명을 불평한다고 어느 날 갑자기 키가 커지는 것도 아니고, 아빠도 남자라 자존심이 있는데 온 집안이 결혼을 결사반대하니 정말 엄마를 포기하고 싶은 때가 한두 번이 아니었단다.

네 엄마는 원래 미인이라 많은 사람들로부터 중매가 들어왔었어. 그 근처 동네 총각들 중에서 네 엄마에게 반해서 마음을 빼앗기고 선심공세를 한번 펴보지 않은 총각들이 드물 정도였지. 그만큼 네 엄마는 그때나 지금이나 인기가 좋았단다. 그러니 장모님으로서야 뭐가 아쉬워서 아빠처럼 키 작고, 볼품없고, 집안도 가난한 남자를 사위로 맞이하고 싶으셨겠니.

정말 아빠가 생각해봐도 아빠는 한심한 신랑감이었어. 남자라면

무엇인가 매력이 있어야 하는데 무엇 하나 남들보다 뛰어난 것이 없으니 아빠도 어찌 인간으로서 양심에 가책이 안 가겠니. 엄마도 혼기가 다 차가는데 아빠 때문에 그 많은 중매들 다 물리치고, 그 많은 총각들의 구애를 다 뿌리친 네 엄마한테 너무너무 미안하더라고.

엄마 아빠의 만남에 염소가 없었다면 우리의 사랑이 이루어졌을까? 매일매일 염소 풀을 먹이러 다니며 서로 사랑을 키워가는 시간이 없었다면 네 엄마도 많이 흔들렸을 거야.

특히 장모님이 시골 5일장에 가는 날이면 그날은 엄마 아빠 둘만의 시간이었지. 그래서 아빠는 늘 장날만 다가오기를 얼마나 기다렸는지 몰라.

장모님이 시장에 갔다 올 때까지는 둘만의 자유 시간이라, 엄마 아빠는 아침 햇살을 따라 숲속을 걷기도 하고, 바람을 피해 바위 뒤에 숨기도 하며 데이트를 했지. 그 추억들은 지금 생각해도, 사랑 그 자체였어.

아빠는 장모님이 장에 가는 것을 지켜보다가 장모님이 장에 가시고 나면, 기다렸다는 듯 엄마 집으로 찾아갔는데 어쩌다 잘못되어 장모님이 버스를 놓치고 다시 집으로 돌아오는 날에는 장모님의 눈초리를 피하기 위하여 혼비백산하여 샛문과 뒷문으로 도망 다닌 적도 한두 번이 아니었단다.

장모님도 어느 정도는 눈치를 챘을 수도 있었을 텐데, 장모님이 알면서도 눈을 감아 주신 것인지, 아니면 물정이 없기 때문에 전혀 알지 못하신 것인지 그건 아빠에게 지금도 수수께끼야.

그러나 하늘이 맺어준 사랑은 세상 누구도 바꿀 수 없는 것일까?
엄마와의 결혼을 허락하도록 아빠는 장모님의 마음을 사로잡기 위해 수단과 방법을 다 동원했지만 좀처럼 장모님의 마음을 사는 데는 번번이 실패만 했단다.
그래서 나는 하루 용기를 냈어. 먼저 동네 주막집에 들려 막걸리 한 사발을 들이킨 후 반쯤 취한 모습으로 장모님 앞에 나타났어. 맨 정신으로는 좀처럼 용기가 나지 않으니 술의 힘을 좀 빌린 거였지.

내가 이렇게 갑작스럽게 나타나 장모님께 "따님과 결혼을 허락해 달라"고 하니 마른하늘에 날벼락을 맞은 장모님은 강도를 마주친 것보다 더 놀라서 말문이 막혀 버렸는지, 아니면 무슨 말을 해야 할지를 잊으신 건지 멍하니 나와 네 엄마만 바라보고 있는 것이었어.
사실 지금 생각하면, 장모님께 귀싸대기 몇 대 맞고 눈물을 흘리며 쫓겨나올 수도 있는 살벌한 분위기였지.
네 엄마는 내 말이 떨어지기가 무섭게 어디론가 도망가 버렸고, 나 혼자 장모님과 한판의 전쟁을 치러야 될 판이었지.

너무 기가 차고 정말 얼척없는 일을 당해서인지 장모님이 나를 빤히 쳐다만 보고 계시기에, 아빠가 장모님께 몇 말씀을 더 드렸어.

"제가 잘났고 돈 많고 직장이 좋아서 남의 집 귀한 외동딸을 달라고 하는 게 아닙니다. 나도 내가 천하고 어리석고 못난 놈인 걸 잘 아니까 이렇게 찾아와서 당신 집 딸과 결혼을 시켜달라고 부탁드리는 것 아닙니까?"

반쯤 술이 취해서 아빠 혼자서 횡설수설했어. 아빠도 아빠가 무슨 말을 했는지는 정확하게 기억이 안 나. 하지만, "댁의 따님을 사랑하니 제게 시집 보내주십시오. 제가 행복하게 해주겠습니다" 이런 이야기를 한 건 기억이 나.

그런데 맨 정신으로 청혼을 한 것도 아니고 반쯤 술 취해 술기운에 장모님께 쳐들어가 엄마와의 청혼을 말씀드린 건데, 그런데 그만 아빠는 술이 취해서 장모님 댁에서 잠이 들고 말았지.

새벽에 술이 깨고 보니 아빠가 네 엄마 집에서 잠을 자고 있는 거야. 술이 깨고 보니 어제 아빠가 한 행동이 얼마나 부끄러운지 결국은 장모님이나 네 엄마 몰래 새벽에 살짝 도망을 쳐서 집으로 오고 말았지.

어쨌거나 아빠가 술김에 장모님께 찾아가 온 동네 사람들이 다 알도록 고래고래 고함지르며 "댁의 따님을 제게 주십시오" 떠들어 놓았으니 그 다음날부터는 엄마 아빠가 서로가 사랑한다는 것을 온 동네 사람들이 다 알게 되었단다.

술이 깨고 나니 네 엄마가 어떻게 되었는지도 궁금하고 걱정도 되고, 장모님께 혼쭐이나 나지 않았는지 궁금하던 참이었는데 네 엄마가 낮에 우리 집에 건너왔더라고. 그래서 물어보았지.

"어떻게 되었어? 어머님께 혼나지는 않았냐? 우리 결혼은 허락해 주실 것 같으냐?"

엄마가 이야기하기를, "어쩌면 반쯤은 허락을 받은 것이나 다름없는 것 같아"라는 거야. 온 동네 사람들이 다 알도록, 내가 네 엄마를 좋아한다는 것을 다 떠들어 놓았으니 이제는 장모님도 우리 혼사 문제를 그냥 넘어갈 수는 없게 된 거지. 그래서 서울 살고 있는 손위 처남(수아 외삼촌)과 우리들 결혼 문제를 의논하게 된 거지.

그런데 서울 네 외삼촌이 깨어 있는 사람이라, "둘이 서로 좋아하면 결혼을 허락하는 게 순리"라고 장모님께 잘 말씀을 드려준 거야. 아빠한테는 더없이 고마운 은인이지. 물론 네 외삼촌 아니었으면 수아나 바울이도 세상에 없었을 테니 수아에게도 은인이고.

이렇게 되다보니 장모님도 이제는 어쩔 수 없이 우리의 결혼식 날을 잡고 말았단다. 결혼 날짜를 잡아 놓고도 장모님은 사위가 마음에 안 드는지 아빠에게 가시 돋친 말을 많이 하셨어.

그래도 아빠는 싱글벙글 감사했지. 결혼을 허락해주셨는데 그깟 잔소리가 대수야? 결혼도 허락 받았겠다 이제는 장모님이 더 이상 무섭지 않고 두렵지 않으니 아빠의 마음만은 늘 즐거웠고 행복했단다.

게다가 입장 바꿔놓고 생각해서, 나중에 누가 술 먹고 아빠를 찾아

와서 "제가 수아를 사랑하니 수아를 제게 주십시오" 하고 다짜고짜
어거지를 부리면 아빠도 그 친구가 무조건 사랑스럽고 이뻐 보이진
않을 것 같아. 그러니 장모님 심정이야 이해하고도 남지.

아무튼 엄마와 아빠의 결혼을 허락해주신 그 한 가지만으로도 아
빠는 네 외할머니께 평생을 감사하게 생각해. 네 외할머니 잔소리에
고운 정 미운 정 다 들었지만 네 엄마를 낳아주시고, 아빠와의 결혼
도 허락해주신 고마우신 분이잖아.

그런데 참으로 안타까운 것은 장모님께서 63세에 세상을 떠나신
거야. 그것도 사랑하는 외손녀인 수아 네 백일날 아침에 돌아가셨어.
그래도 첫 외손주라고 너를 낳고 그리도 너를 이뻐하고 귀여워해주

셨는데, 네 백일잔치도 참석 못하시고 천국으로 떠나신 거지.

반 평생을 남편 잃고 과부로 외롭게 사시면서 네 엄마와 외삼촌을 훌륭하게 키워주셨고, 이제 외동딸이 결혼해서 손주도 낳고 네 식구가 오순도순 네 외할머니 댁에서 재미나게 살려는 즈음에 안타깝게도 세상을 떠나신 거야.

그래서 아빠는 지금도 가끔씩은 네 외할머니 생각이 나곤 해. 아빠가 네 엄마와 결혼시켜 달라고 쳐들어갔을 때 네 외할머니 황당해하던 표정도 떠오르고.

그리고 그때는 듣기 싫어하기도 했었는데, 이제는 아빠도 나이가 든 탓일까? 이젠 네 외할머니의 그 잔소리조차도 가끔씩은 그리워지기도 하는구나.

시간이 지나고 나니 아빠의 느닷없는 청혼 소동도, 네 외할머니의 잔소리도 모두가 지난 날의 행복한 추억으로 기억되는구나.

수아야, 이젠 울고 싶을 때 울어도 돼

"아빠 다녀왔습니다!"

오늘도 다리를 절룩거리며 학교에서 돌아오는 너를 반기며 아빠는 웃고 있지만, 너를 바라보는 아빠의 속마음은 울고 있단다. 가족의 고통을 대신하여 업보의 피 값을 홀로 지고 걸어가는 내 딸 수아를 생각하면 가슴이 미어지고 하루도 마음 편할 날이 없구나.

네가 여섯 살 때 집 앞에서 교통사고를 당해 생사를 다투다가 기적적으로 목숨을 건졌지만, 교통사고 후유증으로 아직도 오른쪽 몸이 마비되어 걸을 때마다 뒤뚱거리면서 넘어지고 엎어지고…. 이런 모습만 보아도 아빠는 눈물이 나는데, 그것도 모자라 속 모르는 사람들은 너를 놀리기까지 하니 말이다.

수아야, 이제는 힘들 때는 아빠에게 투정도 부리고, 울고 싶을 때는 네 마음껏 울기도 하렴. 네 몸이 불편한 건 네 잘못이 아닌데, 그걸 사람들이 놀리기까지 하니 몸이 불편한 것도 억울한데 네 마음이야 오죽하겠니.

하지만 엄마 아빠가 걱정할까봐 매번 괜찮다고만 하는, 어질고 착한 내 딸 수아야. 말하지 않아도 네 마음을 아빠는 다 이해한단다. 엄마 아빠 모르게 흘렸을 네 한 맺힌 눈물을 왜 모르겠니.

아빠가 그때 부도만 당하지 않았더라면…, 그랬더라면….

지금 와서 아무리 후회해도 소용없는 일이지만, 아빠는 지금도 그때 너를 서울 큰 병원에 데려가서 치료받지 못한 게 한이 되고 네게 미안하단다.

그러니 이제는 더 이상 참지 말고 울고 싶을 때는 울어도 돼.

테레사 수녀님이 이렇게 말씀하셨다지. "눈물은 힘 없는 자들의 마지막 기도"라고.

눈물은 결코 약한 게 아니란다. 악한 것은 더더욱 아니고.

눈물은 약한 자들의 기도란다. 눈물은 힘없고 약한 사람들이 세상을 향해 외치는 아우성이야. 그러니 더 이상은 눈물을 참지 마. 네가 눈물 흘릴 때는 아빠가 네 옆에 있어 줄게. 아빠도 너와 함께 울어줄게.

어쩌면 네가 흘린 눈물은 네가 아니라 아빠가 흘려야 할 눈물이었을지도 몰라. 그런데 아마도 아빠가 사는 게 너무 힘들어 보였는지 신께서 아빠가 지고 있는 고통의 일부를 수아 네게 나눠지게 하신 것 같아.

네가 그 사고를 당하기 전에는 아빠는 세상에서 아빠가 가장 힘들고 가장 불행한 사람인 줄 알았어.

그런데 네가 사고를 당해 생사를 다투는 그 순간에야 아빠는 깨달

왔지. '세상에는 돈이나 빚 문제보다 더 큰 고통이 있구나, 아빠가 아무리 빚 문제를 다 해결하고, 성공해서 많은 돈을 벌어도 아빠에게 수아와 엄마가 없다면 그것은 결코 행복일 수 없구나.'

수아 네가 교통사고를 당한 그 순간이 어쩌면 아빠에겐 인생의 전환점이 된 것 같아.

아빠의 생각도 바뀌기 시작했고, 그리고 그렇게 고통스럽던 부도의 고통, 빚더미의 고난에서도 조금씩 아주 조금씩 벗어나기 시작했으니까.

네가 교통사고를 당하기 전에는 아빠 머릿속에는 오직 녹차 생각밖에 없었어. 녹차를 통해 성공하고, 녹차를 통해 재기하고, 녹차를 통해 돈을 벌고, 녹차를 통해 다시 행복해지고…, 녹차, 녹차, 녹차….

수아야.

푸르게 펼쳐진 내 고향 지리산 화개동천 녹차 밭이 좋아 잘 다니던 직장도 그만두고 지리산 깊은 산골로 돌아온 나로서는 다들 실패한 농사를 열심히 지어 성공해 보겠다는, 누구보다 멋진 꿈이 있었단다. 그래서 그때 아빠 인생에는 오로지 녹차에 대한 생각밖에 없었어.

그러나 생각만큼 현실은 만만치 않더구나. 잘 모르는 녹차 사업에 뛰어들었고, 그것도 다른 사람과 함께 동업을 하다 녹차 사업이 망해서 최종부도가 났을 때는 약 30억에 가까운 돈이 빚으로 남더구나. 사실 그때 아빠는 더 이상 세상을 살고 싶지 않았단다.

네 외갓집, 할머니 댁은 말할 것도 없고, 아빠 친구들의 도움을 받아 간신히 일부는 정리할 수 있었지만 그래도 남은 빚이 약 7억쯤 되더구나. 아빠가 해결하지 못한 부채가 7억원이나 되었단다. 그런데 그게 3년 후에는 이자에 이자까지 붙어 약 10억원이 되더구나.

그때 아빠 나이 겨우 서른 살쯤이었다. 아빠의 어깨로 감당하기에는 너무나 큰돈이었고 천문학적 액수였단다.

사실 아빠는 도망치고 싶었다. 하지만 보증을 서준 고향사람들과, 고향에 살고 계시는 부모님 형제들을 생각하면 그럴 수도 없었단다. 빚쟁이들은 돈 내놓으라고 밤낮을 가리지 않고 집으로 찾아오고… 딱 죽고 싶은 마음뿐이었단다. 게다가 아빠를 믿고 모든 것을 건 네 엄마의 젊은 청춘과 가족들의 고통을 무엇으로 변상하겠니?

그때 네가 네 살이고 바울이가 두 살이었을 때였어. 매일 찾아와 돈 내놓으라고 고래고래 윽박지르는 사채꾼과 빚쟁이들을 피해서 우리 식구는 남이 타다 버린 봉고차에서 살았단다.

쌀이 없어 라면과 소금, 된장만 싣고서 섬진강 주변을 떠돌았지.

빚쟁이들 때문에 집에 들어오지도 못하고, 너희들이 좋아하는 그 흔한 우유며 아이스크림 하나 사주지 못할 때 '이게 무슨 아빠인가?' 하는 생각이 들면 죽고 싶은 마음과 어디론가 도망가고 싶은 마음뿐이었단다. 그래도 아빠 곁에서 위로가 되어주는 네 엄마와, 아무 것도 모르고 아무 죄도 없는 너희들의 눈망울이 가슴에 걸려서 아빠는 이를 악물었단다.

지금도 바울이가 또래의 다른 아이들보다 키가 작은 것을 보면, 혹시 한창 자랄 나이인 그때 많이 못 먹여서 그런 게 아닌가 가슴이 아프단다.

아들 바울

그러니 수아야, 이제는 더 이상 울고 싶을 때 참지 말아라. 네 아픔과 네 힘듦을 가족들에게 드러내는 건 약한 모습이 아니란다.

아빠가 힘들 때, 엄마와 수아 그리고 바울이가 아빠 곁에 있었듯이, 지금 네 곁에는 아빠와 엄마 그리고 네 동생이 있지 않니?

아빠는 언제나 사랑하는 내 딸 수아 곁에 서있을 거야.

아빠는 항상 너를 응원한단다.

힘내라 아빠 딸!

제4신:

아빠를 살린 건 바로 너였단다

수아야, 아빠가 네게 늘 미안해하고, 네게 늘 고마워하는 건 사실 다른 이유가 있단다.

'아, 이렇게까지 구차하게 살아야 하나? 차라리, 차라리…. 이렇게도 구차하게 살아야 되나 아니면 차라리…' 하면서 매일 밤을 고민으로 지새우던 시간들. 겨울인데도 히터도 안 나오는 고물 봉고차에서 서로 부둥켜안고 그 춥고 긴 겨울밤을 지낼 때, 부모로서 수아와 바울이에게 행복하지 않은 기억만 남겨준 것 같아 어찌나 미안하던지…….

어떤 날은 정말 괴로워서 섬진강 물에 빠져 죽을까도 생각했지만, 아직도 이루어야 할 것이 많은 너희를 보면서 아빠는 참고, 또 참았단다. 그러다가 가슴이 북받쳐 오르기라도 하면 혼자 산에 가서 엉엉 소리 내며 울기도 많이 울었지.

아빠가 비로소 정신을 차린 얼마 후 부도난 회사를 다시 정리하면서 살펴보니, 네 엄마 앞으로 조그마한 땅이 하나 남아 있더구나. 그래서 거기에다 식당을 만들었단다. 네 엄마가 식당을 운영하면서 빚쟁이들 이자라도 조금씩 갚아 나가니 그나마 다행이었지.

아빠는 그게 얼마나 좋았는지 모른단다. 그 많던 빚들도 조금씩 갚아나가고, 이제는 희망이란 게 조금은 보이는 듯했거든.

그러나 그것이 운명의 장난이 될 줄이야 누가 알았겠니? 너와 바울이를 엄마 식당에 맡겨 놓고 아빠는 비록 여전히 빚쟁이들을 피해 산이나 들로 도망다녀야 했지만 그래도 너희는 집다운 집에서 살 수 있다는 것이 얼마나 다행이었는지 모른다. 그래서 '아무리 힘들어도 언젠가는…' 하는 희망만은 가질 수 있었단다.

그렇게 어려운 시간을 보낼 때 엎친 데 덮친 격으로 수아 네가 어느 관광객의 차에 치여서 중태에 빠지는 사고를 당하고 말았지.

사고를 알려온 네 엄마의 울먹이는 전화를 받고서 '왜 나에게만 이런 고통이 밀려오는가?' 아빠는 세상을 원망했어.

'설마 우리 수아에게 무슨 큰일이야 일어났으려고…… 조금 다친 거겠지.'

연신 가슴을 쓸어내리며 병실에 들어갔을 때 온몸에 붕대를 감고 의식불명으로 누워있는 너를 보고 아빠는 하늘이 무너지는 듯했단다.

'정말 좋은 아빠가 되고 싶었고, 정말 좋은 가정을 만들고 싶었는데 무능한 가장으로 가족들에게 짐만 되다니…….'

그렇게 너는 약 한 달을 꼼짝 않고 누워 있었지. 호흡 곤란으로 기관지까지 뚫었는데도 꼼짝을 않더구나. 엄마와 나는 매일 밤 너를 위해 기도하면서 뜬눈으로 지새웠지.

결국은 교통사고 후유증으로 지금까지 네 오른쪽 몸이 불편하게 되었지만 거의 한 달 만에 네가 다시 깨어났을 때, 다시 깨어났다는 사실만으로도 얼마나 감사했는지 아니?

그렇게 네가 25일 만에 눈을 뜬 게 아빠에게 찾아온 기적의 시작이었어. 네가 살아난 것도 기적이었고, 거기다가 또 하나의 기적이 우리 가족들을 찾아온 거야.

아빠의 사업 실패와 함께 모든 보험들이 다 해약되었지만 우리도 기억을 못하고 있던 보험이 하나 있었을 줄 누가 알았겠니? 그때 너의 보험금과 교통사고 합의금 등 여러 가지를 합쳐 약 1억 2천만 원 정도의 보상금이 나온 것은 정말 기적이었어.

네가 사고가 날 당시는 아빠가 겨우 정신을 가다듬고 다시 녹차식품 공장을 구상하고 있을 때였단다. 녹차냉면, 녹차국수, 녹차칼국수, 녹차수제비 등 녹차식품들을 만들어낼 공장 운영 자금이 없어 고민하던 차였지. 그래서 아빠는 이것은 신이 주신 기회라고 생각하고 너의 보험금을 사용하기로 마음먹었단다.

이런 아빠를 보고 네 엄마는 피눈물을 흘리면서 원망을 했단다.

"당신 수아 아빠 맞아요? 자식의 피 값으로 생긴 돈이라, 보기만 해도 마음 아플 텐데, 그 피 같은 돈을 다시 밑 빠진 독에 쏟아버릴 참이에요?"

그러나 아빠는 그 돈으로 다시 사업을 일으켜 우리 집안뿐 아니라 너를 다시 살리고 싶었단다.

수아야, 이건 정말 아빠의 진심이다. 믿어다오.

결국 그 돈을 종자돈으로 시작해서 아빠는 녹차식품 사업을 다시 살릴 수 있었단다. 그래서 6년 만에 약 7억원의 빚을 모두 갚고 지금의 녹차식품 제조공장과 녹차 밭을 갖게 되었고 이제는 녹차냉면을 미국 등에 수출도 하게 되었단다.

그리고 KBS〈아침마당〉,〈이것이 인생이다〉, MBC〈임성훈과 함께〉, SBS〈녹차달인〉등에 출연하는 행운도 얻은 계기가 되었지. 아빠처럼 실패했다가 다시 재기에 성공한 사례가 실패한 다른 사람들에게 모범이 될 거라고 하여 방송에도 나가게 되었단다.

사랑하는 내 딸 수아야!

지금 우리 가족의 행복은 네가 가져다 준 거란다.

그러니 이제는 아빠가 우리 수아의 꿈을 이뤄주고 수아를 행복하게 해 줘야 할 차례인 것 같구나.

원래 아빠는 네가 우리의 가락과 풍류인 창(唱)을 배웠으면 싶었단다. 그런데 네가 교통사고를 당해 목수술을 하게 되면서, 그 모든 게 아빠의 헛된 꿈이란 것을 알게 되었지.

수아야.

너는 어릴 때부터 작가가 되고 싶어 했었지? 네 어릴 때 꿈을 잊지 않고 한 발 한 발 조심스럽게 꿈을 이뤄가는 네 모습이 아빠는 대견스럽고 자랑스럽단다.

작가가 되고 싶다고 험난한 문학도의 길을 걷는 너의 꿈을 아빠도 소중하게 생각한단다.

만약 네가 원하는 꿈을 이룰 수 있다면 아빠는 내 뼈가 망가지고 심장이 멈추는 날까지 너의 손발이 되어 줄 거야.

우리 수아 때문에 아빠가 이만큼 살아 왔으니 꼭 우리 딸이 원하는 작가가 되도록 최선을 다하는 아빠가 되어주고 싶어.

그리고 우리 수아처럼, 몸은 불편하지만 마음속에 아름다운 꿈을 가진 아이들이 자신의 꿈을 이룰 수 있도록 도우마. 너와 같은 고통을 겪고 있는 다른 사람들도 돕는 일은 너를 돕는 일이기도 하다는 것이 아빠의 생각이니까.

수아야.

너는 아빠의 희망이야.

수아 너는 사랑받기 위해 태어난 사람이란다.

아빠는 세상 누구보다도 너를 사랑한다.

이제는 내 딸 수아가 아픈 상처 없이 살아갈 수 있도록 도와주는
아빠가 되는 것이 아빠의 마지막 남은 바램이다.
그리고 수아가 꿈꾸는 그 꿈을 아빠도 함께 꾸었으면 한다.
이제는 수아의 꿈이 아빠의 꿈이기도 하니까.

수아야, 사랑해···♥♥♥

제5신:

신께서 우리에게 보내신 두 명의 천사

수아야 바울아.

아빠는 가끔 이런 생각을 한단다. 너희는 신께서 우리에게 보내주신 천사가 아닌가 하고 말이야.

엄마와 아빠도 연약한 사람이다 보니, 완전하지 못하고, 힘들 때도 있고, 때로는 싸울 때도 있는데 그런 약한 엄마 아빠를 지켜주시기 위해 신께서 우리 가족들에게 보내주신 천사가 너희들이 아닌가 싶어.

너희들 앞에만 서면 약한 마음이 강해지고, 악한 마음이 사라지고 착한 마음이 찾아오니 정말 너희들은 우리에게 보내신 천사가 맞는 것 같아.

엄마 아빠가 가장 힘들어하던 그 시절에, 수아가 교통사고를 당해 다쳤던 것은 한편으로는 더할 수 없는 고통이고 재앙이었지만, 그 일을 통해 아빠를 변화시키고 우리 가족들을 변화시키고, 그리고 우리 가족이 살 길을 열어주셨으니 한편으로는 축복이고 은혜이기도 했던 것 같아.

우리 수아가 그렇게 25일을 넘는 시간 동안 목숨을 걸고 병마와 싸우는 모습을 보면서, 아빠가 겪고 있는 고통쯤은 아무 것도 아니란 것을 깨달았고, 힘들다고 자살을 꿈꾸던 아빠의 모습이 얼마나 사치이고 비겁한 생각인가를 깨달았으니 말이야.

아무리 생각해도 수아는 신께서 우리 가족에게 보내신 천사이고, 감사의 선물인 것 같아.

그리고 바울이도 마찬가지야.

수아가 몸이 불편해서 넘어지고 엎어져도 세상 사람들 아무도 돌아보지 않을 때 어린 바울이가 저 혼자서 누나를 부둥켜 세우고 낑낑거리며 집으로 돌아오던 날, 아빠는 아빠에게 보내주신 두 명의 어린 천사들의 모습을 본 듯했단다.

누나가 학교에서 쓰러졌을 때 바울이가 더 놀라 입술이 새파랗게 질리던 모습을 보면서 아빠는 신이 보내주신 이 어린 천사들을 아빠가 부족해서 잘 돌봐주지 못했다는 생각에 늘 미안하고 죄스러웠단다.

수아야.

어릴 때 수아가 아빠에게 자주 하던 말 기억나니?

"세상에서 인사를 제일 잘하는 딸이 되겠다"고.

아빠는 수아의 이런 어른스러운 이야기를 들을 때마다 수아에게 늘 고마웠고 수아에게서 희망을 보았단다. 아마도 아빠도 천사 같은 수아의 마음을 조금은 들여다볼 수 있었던 것이겠지.

수아야.

어릴 때 네가 몸이 불편하다고 친구들이 너랑 같이 놀아주지 않아서 많이 속상하고 힘들었지?

네 친구들이 너와 놀아주지 않는 모습을 바라볼 때 아빠의 마음도 갈기갈기 찢기고 힘들었단다. 하지만 오히려 아빠보다도 더 어른스럽게, '오늘이 아니면 내일이 있다'는 긍정적인 생각으로 차분하게 아무 일 없다는 듯 넘어가는 네 모습을 보면서 아빠는 정말 많이 대견하고 자랑스러웠단다.

수아야, 사람들은 몸의 장애는 쉽게 보지만 마음의 장애는 보지 못한단다.

그리고 팔이나 다리가 불편하거나, 보지 못하거나 듣지 못하는 것보다 더 큰 문제는 마음의 장애란다. 마음에 벽을 쌓고, 마음에 색안경을 낀 사람들이 더 큰 장애를 안고 사는 거야. 편견, 미움, 시기, 질투, 탐욕…. 실제로 세상을 망가뜨리고 어지럽히고 더럽히는 것들은 몸의 장애가 아니라 이런 마음의 장애들이야.

수아야.

너로 인해서 아빠도 세상 많은 사람들이 '편견이란 마음의 장애'를 가지고 있고, 아빠에게도 그런 마음의 벽이 있었다는 것을 발견하게 되었단다.

몸이 불편한 사람이 필요한 것은 사람들의 따가운 시선이 아니라 자신을 도와주는 따뜻한 시선이라는 걸 네가 없었다면 아빠가 어떻게 깨달았겠니. 도움이 필요할 때 선뜻 나서서 다른 사람들을 도와주려는 마음을 어떻게 아빠가 가질 수 있었겠니.

몸이 불편한 사람들을 볼 때마다 꼭 수아 너를 보는 것 같아 나도 모르게 저절로 마음이 가고 몸이 가서 도와주게 되는 것은 아빠에게 보내신 신의 천사인 너로 인해 갖게 된 마음이라 믿는단다.

수아야.

네가 몸이 불편하지 않았다면 어떻게 지금과 같은 좋은 친구들을 가졌겠니. 지금 네 곁에 있는 네 친구들은 네 몸의 장애와는 아무 상관없이 그저 너 자신이 좋아서 너를 사랑하는, 정말 좋은 친구들이지 않니.

네가 몸이 불편하지 않았다면 어떻게 녹차나무, 지리산 들풀, 잡초, 꽃과 나무, 우리 집 멍멍이, 가재, 미꾸라지, 사슴벌레 등등 세상 사람들이 아무도 가질 수 없는 수많은 자연의 친구들을 네가 사귈 수 있었겠니.

남들이 가질 수 없는 것 다 가지고 있는데, 없는 게 없이 모든 게 있는데 무엇이 두렵겠니. 자연이야말로 얼마나 착한 친구들이니. 얼마나 정직한 친구들이니. 아빠는 어릴 때부터 네가 사귄 이런 자연의 친구들이 나중에 정말 소중한 너의 문학적 자산이 되리라 믿는다.

우리 집은 산중이라 수아와 바울이 외에는 이웃에 친구가 없으니 자연적으로 저 바위와 녹차나무, 이름 모를 잡초들이 우리의 벗이며 착한 친구가 되지 않았니?

사람들이 생각하기에는 외롭고 허전해 보이는 산골 생활이지만, 고요하게 우리 자신을 들여다볼 수 있고, 가지런하게 우리들의 생각을 다듬을 수 있는 우리들만의 사색의 장소가 있다는 것만으로도 우리는 행복하다고 아빠는 생각한단다.

홍수 속에 마실 물이 없고, 넘쳐나는 정보들 속에 정작 필요한 정보는 드물듯 지금의 세상은 너무 많은 것들이 넘쳐나고 있다고 아빠는 생각해.

세상은 몰라서 문제가 아니라 늘 너무 많이 알아서 문제인 법이야. 모르는 건 모르고 아는 건 안다고 생각해야 맞는데, 잘 모르는 것도 안다고 착각하는 게 더 문제인 법이지.

그래서 '생수를 마실까, 정수기 물을 마실까? 수돗물은 그냥 마셔도 되나? 커피를 마셔, 콜라를 마셔?' 이런 고민을 하기보다는 아무 고민 없이 산속 깊은 샘물 한 모금 그냥 마시면 되는 산골 생활이 아빠는 훨씬 낫다는 생각을 해.

수아야, 지금도 고개 들어 집밖을 바라보렴.

서산에 해가 넘어가는 고요함과, 산 그림자 밀려오는 산중의 풍광은 아름답다 못해 수줍은 듯 고개 숙이는 새색시 모습 같지 않니?

고요함과 적막함 속에 낙엽이 굴러가는 소리, 대숲에 바람이 머물다 가는 소리, 눈 쌓인 나뭇가지가 눈의 무게를 이기지 못해 부러지는 소리… 들리고, 아침이면 맑은 햇살이 우리 집 문살에 비치고 산 위에 빛 내림이 쏟아지면서 새로운 세상이 열리는 모습을 볼 수 있잖아.

그래서 아빠는 지금 우리가 살고 있는 우리 집, 이 산골 마을이 천사들이 살기엔 최고의 환경이라 생각해.

수아야, 기억나니?

바울이가 어릴 때 친구가 없어 심심하니까 혼자만의 놀이를 시작하는데, 아빠가 깎아준 야구 방망이로 야구공을 치다가, 이것도 지겨우면 혼자서 축구공으로 바위를 보고 골인 연습을 하기도 했지. 그런데 공이 잘못 날아가 아빠의 보물인 장독대를 깨버리면 바울이는 아빠에게 혼날까봐 놀란 표정을 지으며 후다닥 방으로 도망을 가곤 했어.

그래도 아빠는 말 한마디 못했지. 바울이의 놀이 공간이 우리 집 마당밖에 없으니 말이다. 그래서 아빠는 바울이가 깨놓은 장독대를 치우면서도 이렇게 밝게 놀아주는 바울이가 귀엽고 의젓해 보이기만 했단다. 이게 사람 사는 모습이지 않니?

다른 아이 같으면 컴퓨터와 오락에 빠져 헤어나지 못하고 고민하는데, 그래도 바울이는 혼자만의 놀이 공간을 가지며 자연을 배우는 것 자체가 지식이 아닌 지혜를 배우고, 정보가 아닌 인성을 쌓는 일이라고 아빠는 생각했단다.

이런 아빠의 마음을 아는지 바울이와 수아는 아빠가 심어놓은 야생화 할미꽃을 특히 좋아했었지.

요즘은 농촌 아이들도 할미꽃을 만나보기가 여간 어려운 일이 아니란다. 그래서 아빠는 매일같이 할미꽃이 어떻게 자라는지를 관찰하라고 너희들에게 숙제를 내곤 했지.

아빠는 할미꽃을 통해서 너희에게 겸손함을 가르치고 싶었단다. 사람들은 살면서 종종 더 낮은 자세로 고개 숙이며 겸손해질 때 비로소 더 높아지는 것을 왜 모를까. 그래서 아빠는 이 할미꽃을 통해서 겸손이라는 인생 공부를 가르치기 위해서 너희들에게 숙제를 냈었는데 너희들은 아빠의 마음을 잘 몰랐겠지?

아빠는 너희들에게 할미꽃처럼 다른 사람들에게 고개 숙일 줄 아는, 낮은 자세의 겸손한 사람들이 되었으면 좋겠다.

사랑하는 수아야, 바울아.

이렇게 말하지만 아빠도 불완전한 사람이고 아빠에게도 많은 문제가 있다는 것을 잘 안다.

하지만 신께서 아빠에게 보내주신 너희 두 명의 천사로 인해서 아빠도 많이 달라졌단다.

그리고 아빠에게는 과분한 우리 두 천사를 잘 키우기 위해서 아빠도 나름대로는 많이 고민하고 많이 노력했단다.

사랑하는 수아야, 바울아.

그럼에도 불구하고 아빠에게 잘 이해가 안 되는 점이 있고,

여전히 부족한 부분이 있다면 너그럽게 이해해주렴.

너희들은 천사지만 아빠는 여전히 인간이지 않니?

어린 너희를 키워서 이제는 다 큰 성인이 되게 하였듯이,

　지금부터는 아빠의 부족한 부분을 너희들이 잘 채워주고 다듬어주

기를 바래.

　누가 뭐래도 수아와 바울이는 엄마 아빠의 수호천사니까!

나의 수호천사들

제6부

기적은 공짜로 오지 않는다

― 농부의 아픔은 농부가 알지요

여수 앞바다에서 충무공을 생각하다

　여수. 이역만리 머나먼 바닷길을 찾아온 지리산의 기적소리 울어대는 여수는 항구다.

　남해의 큰 파도를 막아주는 돌산도, 오동잎처럼 생긴 오동도, 세 마리의 용이 다투는 여의주 장군도, 대경도, 소경도, 가장도, 치도 같은 아기자기한 섬들이 병풍을 이루어 거센 파도를 막아주는 천혜의 항구 여수.

　2013년 10월, 여수 해양경찰서장의 초청으로 여수를 방문할 기회가 있었다. 아침이슬 곱게 내려앉은 맑은 지리산 기운을 담고 달리던 버스는 남해안 방어의 중심지였던 여수에 도착했다.

　나는 여수를 방문한다는 생각에, 마치 수학여행을 앞둔 학생처럼

전날 밤 설레는 기분을 느꼈다. 내가 진심으로 존경해마지 않는 성웅 충무공 이순신 장군의 자취를 살펴볼 수 있다는 기대감에서였다.

임진왜란 때 여수의 역할은 우리 반만년 역사에서 새로운 이정표가 되었다 해도 무리가 아니라고 나는 생각한다. 왜냐하면, 여수는 충무공 이순신 장군이 전라좌수사로 부임한 전라좌수영의 본영이 있던 곳이기 때문이다.

충무공 이순신 장군이 임진왜란 발발 1년 전인 1591년(선조 25년) 전라좌수사로 부임한 것은 하늘의 뜻이었다. 이 절묘한 '신의 한 수'가 풍전등화와 같던 조국의 운명을 갈라놓았다. 뿐만 아니라 한중일 세 나라 역사의 흐름도 바꾸어 놓았다.

임진왜란을 당했을 때, 조선의 육군은 추풍낙엽처럼 방어선이 무너졌다. 선조 임금은 궁을 버리고 신의주까지 피난길에 올라야 했다. 다급하게 명나라에 파병을 요청했지만, 명나라가 도착하기도 전에 전 국토가 함락된다면 명나라의 원군도 무용지물이 될 백척간두의 순간이었다.

그러나 조선의 바다에는 이순신이 있었다.

23전 23승이라는, 세계 해전사에 길이 빛날 전무후무한 무패전승의 신화를 남긴 이순신이 조선의 바다를 지키고 있었다. 바로 그 구국의 중심이 되었던 전라좌수영이 바로 오늘날의 항구도시 여수다.

만약 전라좌수영의 방어선이 무너졌다면 이미 무너진 육로 외에 해로마저 왜적에게 빼앗기고 조선의 운명은 누구도 장담할 수 없는 비극 그 자체로 끝났을 것은 불을 보듯 명확한 일이었으리라.

이순신이 일본의 수군을 해상에서 전면 차단하고 궤멸 상태로 몰아감으로써, 육상의 왜군은 보급로가 차단되었다. 그 덕분에 왜군의 진격은 더뎌졌으며, 조선 곳곳에서는 의병들이 봉기할 수 있었고, 명나라 원군이 도착할 때까지 조선군은 전열을 재정비할 시간을 벌 수 있었다.

이순신에 대해 조선왕조실록 중 『선조실록』(권106, 선조 31년 11월 무신)에는 이렇게 기록하고 있다.

"이순신은 충성스럽고 용맹한 사람이었으며, 더욱이 재능과 지략이 뛰어났다. 군기가 엄하면서도 사졸들을 사랑하였기 때문에 모든 사람이 기꺼이 그를 따랐다. …그의 죽음이 알려지자 호남 지방의 사람들이 모두 통곡하지 않은 이가 없었으니, 늙은 노파에서 어린아이에 이르기까지 슬퍼하여 마지 않았다. 그의 높은 충성심과 나라를 위하는 마음과 자기 몸을 잊고 의를 위하여 목숨을 버리는 그의 생애는 옛날의 명장에 비하여 조금도 더할 바가 없다."

잘 알려졌다시피, 선조는 이순신 장군을 그리 썩 좋아하지 않았다. 임진왜란이 끝나고 정유재란이 발발하기 전의 기간에 선조는 의병장들을 치하하기보다는 오히려 역모로 몰아 숙청하기 시작했다. 전란

중에 백성을 버리고 도망간 임금보다는 목숨을 걸고 백성들을 구한 의병들을 백성들이 더 따르는 것을 두려워한 선조는 많은 의병장들을 역모로 몰아 처형하였다.

이에 많은 의병장들이 초야로 돌아갔다. 홍의장군 곽재우가 대표적이다.

따라서 백성들의 절대적인 지지를 받는 이순신을 선조는 경계하였다. 이순신이 역심을 품는 순간, 자신의 왕권이 흔들릴 것을 두려워한 까닭이었으리라. 그래서 원균의 모함과 소서행장의 간계에 속은 선조가 선제공격을 명령하였지만 이에 따르지 않자 명령불복종을 문제 삼아 이순신을 파직하고 백의종군시킨 것은 잘 알려진 바다.

하지만 실제로 선조는 이순신 장군조차도 처형하려 했다. 무려 7번에 걸친 어전회의에서 선조는 이순신의 처형을 주장하였으나, 전란 중 장수를 처형하는 것은 옳지 않다는 대신들의 반대로 인해 이순신은 겨우 처형을 면하고 권율 휘하에서 백의종군하는 것으로 감형되었다.

이토록 이순신을 경계했던 선조도 결국 이순신을 모함한 대가로 그를 대신해 삼도수군통제사 자리에 올랐던 원균이 칠천량해전에서 조선의 전 함대를 몰살시키며 전사하자 부랴부랴 이순신을 다시 삼도수군통제사에 복귀시켰다. 조선의 수군 대부분을 잃고서야 정신을 차린 것이다.

그러면서 더이상 수군에게는 가망이 없다고 판단한 선조는 이순신에게 수군을 해체하고 육군으로 합류하라는 명령을 내렸다. 그때 선조에게 올린 장계에서, 이순신은 이렇게 답했다.

"신에게는 아직 열두 척의 배가 남아 있습니다."

그리고 이는 역사에 길이 남을 명언으로 남았다.

이 12척의 배에 나중에 추가로 가져온 한 척의 배를 더하여 모두 13척의 배로, 이순신은 명량 바다에서 그 열 배가 넘는 133척의 왜선과 맞서 싸워 왜적들을 전멸시키는 대역전극을 펼쳐 명량해전을 승리로 이끌었다.

전라좌수영이 있던 여수는 이런 이순신 장군의 자취가 어린 곳이다. 전라좌수영은 전라우수영, 전라좌수영, 경상우수영, 경상좌수영 등 4개의 수군사령부 중 가장 작은 곳이었다. 이 중에서 전라좌수영은 가장 작지만 가장 중요한 요새 중의 요새였고, 이순신에 의해서 가장 강한 수군으로 거듭났다.

당시 전라좌수영에는 5관5포가 있었는데, 5관은 보성, 낙안, 순천, 광양, 흑양이었고, 5포는 반포, 녹도, 사도, 방답, 여도였다. 여수는 전라좌도의 수군기지로 매우 중요한 위치를 차지하고 있었으며 조선 해상 방어의 결정적인 역할을 감당하였던 것이다.

나는 이순신 장군의 손길과 발길이 깃들었을 진남관에 올라보았다. 진남관은 조선 시대의 객사다. 정면 15칸, 측면 5칸, 총면적 240평의 팔작지붕 건물인 진남관은 현존하는 지방 관아 중에서는 가장 규모가 큰 건물이다. 1963년 1월 21일 보물 제 324호로 지정되었다가, 2001년 4월 17일 국보 제304호로 승격 지정되었다.

이순신 장군 당시에는 수군의 중심 기지로 사용되었다고도 하는데, 실제로 이순신 장군이 수군 지휘소로 사용하였던 것은 그 자리에 있던 진해루다. 그런데 진해루는 정유재란 때 왜군에 의해 불타 소실되었고, 지금의 진남관은 그 이후에 다시 재건한 건물이다.

진남관이 이순신 장군 당시의 건물은 아니지만, 그래도 그 자리에서 남해 바다를 굽어보며 조선의 앞날을 걱정했을 충무공 이순신을 생각하며 나는 진남관에 올라보았다. 여수 10경 중 하나로 꼽힐 만큼 웅장하며 기개가 넘치는 건물이었다. 진남관은 여수 어디서든 보이는 여수의 정중심에 우뚝 솟아 있다.

나는 진남관에 올라 남해 바다를 바라보았다. 이순신 장군은 이곳에 서서 무엇을 생각하였을까? 목숨을 바쳐서라도 왜군을 진압해 평안한 남해 바다를 만들기를 소망하였을까?

긴 칼 옆에 차고 늠름하게 서서 이곳에서 왜적을 진멸하라고 호령했을 우렁찬 충무공을 생각하니 가슴이 숙연해졌다.

진남관을 받치고 선 굵고 붉은 기둥은 인고의 오랜 세월의 흐름을 말해준다. 나뭇결의 빈 틈 사이로 파고드는 가을 햇살은 조선 수군들이 왜구를 무찌르고 기뻐서 뛰면서 환호하며 문을 두드리는 모습을 연상케 한다. 진남관의 마룻바닥은 지금까지 내가 보아온 것들과는 사뭇 다르다. 보는 이의 눈을 의심할 정도로 강렬함과 수군들의 강인함이 전해온다. 우리 조상들의 기개와 배포가 절대 작지 않았음을 짐작케 한다.

나는 오랜 역사와 세월을 버티고 묵묵히 서있는 진남관 마룻바닥에 걸터 앉았다.
이곳 전라좌수영에서 이순신 장군은 어떤 생각을 하였을까?

전란의 위기는 다가오는데 당쟁에만 빠져있는 조정. 전라좌수사로 부임해서 내려와보니 성벽은 무너져 있고, 병사들의 군기는 빠져 있고, 군량미는 턱없이 부족하고…. 임진왜란이 발발하기 1년 전에 부임한 이순신은 마치 다가올 전쟁을 예견이라도 한 듯, 성벽을 보수하고, 대포를 만들고, 화약을 제조하고, 군량미를 비축하고, 그리고 거북선을 만들었다.
이순신이 거북선을 만들어 실전배치를 위한 훈련을 마친 것은 바로 임진왜란 발발 바로 하루 전날이었다. 그리고 이순신이 전사한 것은 7년 전쟁의 마지막 날인 노량해전에서였다.

이 모든 것은 역사의 우연이었을까? 나는 그렇게 생각하지 않는다.

이순신의 『난중일기』를 보면 그 해답이 나와 있다. 마냥 어질기만 했던 것 같은 이순신은 군령을 따르지 않는 병사들에 대해서는 가차 없이 참형에 처하는 엄격한 장수였다. 군기를 바로잡기 위해서는 참형도 마다하지 않았다.

물론 이순신은 엄격하기만 한 장수가 아니란 것은 명나라의 도독 진린이 명 황제에게 보낸 편지 속에서 확인된다. 진린의 장계에는, 비록 적군이긴 하지만 나이 어린 왜군이 포로로 잡혀오자 이순신이 직접 옥사로 찾아가 어린 왜군에게 글을 가르쳐주기도 한 어진 장수 라는 점을 이야기하고 있다. 이런 장수를 조선의 왕이 시기하여 해하 려고 하니, 황제께서 거두어 휘하에 두신다면 천하를 호령할 수 있을 것이란 이야기도 전하고 있다.

진정한 외유내강의 장수였던 이순신은 철저한 준비를 통해 기적을 만들어내는 사람이었다. 차근차근 거북선과 대포, 화약과 군량미를 준비하고, 병사들을 훈련하고 전술을 익히며 전쟁을 준비했다. 꼭 임 진왜란을 예감해서라기보다도, 언제라도 전쟁이 터지면 곧바로 전투 에 임할 수 있는 준비를 늘 하고 있었던 것이다.

기적은 공짜로 찾아오지 않는다.

누구에게나 기회는 우연처럼 찾아오지만, 준비되지 않은 사람에게 그 기회는 지나가는 바람일 뿐이다. 기회를 잘 사용할 준비가 되어 있는 사람에게만 우연은 필연이 되고, 기회는 기적이 된다.

그 누구보다도 이순신의 생애와 죽음이 이것을 역설하고 있다.

우연처럼 뒤늦게 찾아온 승진의 기회. 전라좌수사 이순신은 그 기회를 살려 하나하나 차근차근 준비를 했다. 그리고 그 준비를 모두 마친 바로 다음날, 임진왜란이 일어났고, 23전 23승의 기적은 그렇게 탄생했다.

그리고 7년에 걸친 길고 긴 전쟁이 끝나는 마지막 날, 노량해전에서 적의 총탄에 맞아 전사함으로써 이순신은 자신의 죽음으로 전쟁의 종지부를 찍고 그는 마침내 불멸의 신화로 남았다.

어쩌면 진짜 기적은 따로 있었던 것인지도 모른다. 이순신이 23전 전승 무패의 신화를 세운 것이 기적이 아니라, 우리 역사가 그때 그 순간에 이순신을 만난 것이 오히려 기적이었을지도….

진남관 마룻바닥에 걸쳐 앉아 나는 오래오래 이순신을, 그리고 그가 이뤄낸 기적을 기억하였다.

조선 수군의 승전고 소리가 저 먼 파도의 음률을 타고 간간이 귓전에 들려오는 듯했다.

영웅은 하루 아침에 만들어지지 않는다

중국의 강태공은 세월을 낚는다고 했다. 그가 강물 속에 드리운 낚시대에는 낚시바늘이 없었다. 낚시대 없는 낚시로 물고기를 잡을 수는 없는 법.

그래서 문왕이 강태공에게 물었다. "바늘도 없는 낚시로 무엇을 낚습니까?"

강태공이 대답하였다. "내가 낚는 것은 세월입니다."

세월을 낚는다는 것은 무슨 의미인가?

세월을 낚는다는 것은 하는 일없이 유유자적 시간만 보내고 있다는 뜻인가? 동양화 풍경 속의 도인처럼 세상과는 초월하여 신선처럼 산다는 의미인가?

나는 아니라고 생각한다.

강태공이 "세월을 낚는다"고 대답한 것은, "때를 기다린다"는 말이다. 세월을 낚는다는 것은 때를 기다리고 준비하며 기회를 엿본다는 의미이다.

실제로 강태공은 때를 기다렸다. 자신에게 기회가 왔을 때 그 기회를 잡았다. 그리고 천하를 얻었다. 강태공이 낚은 것은 세월이 아니라 천하였다.

강태공은 인재를 찾아 천하를 다니던 주나라 문왕에게 발탁되어 문왕의 스승이 되었고, 무왕을 도와 천하를 평정했고, 그 공로로 제나라의 시조가 되었다.

시오노 나나미의 베스트셀러 『로마인 이야기』에 보면, 세 가지 타입의 영웅에 대한 이야기가 나온다. 시오노 나나미의 말에 따르면, 영웅에는 세 가지 타입이 있다. 첫째는 시대가 만들어낸 영웅이고, 둘째는 시대와 인물이 자기 때를 만나 영웅이 되는 경우이고, 셋째는 어느 시대를 만나든 그 스스로의 힘으로 영웅이 되는 타입이 있다고 했다.

그러면서 로마제국의 초대 황제가 된 율리우스 카이사르가 바로 세 번째 타입의 영웅이라는 것이다(다른 이름으로는 시저, 케사르, 가이사 등으로 불린다).

때를 잘 만나 영웅으로 만들어진 경우는 사실 별로 매력이 없다. 매스미디어가 만들어내는 대부분의 우상, 아이돌들이 그렇다. 미국에서 만들어내는 전쟁 영웅 신화는 때때로 너무 작위적이라 지겨울 때도 있다.

그렇다고 우리처럼 평범한 보통사람들이 율리우스 카이사르나, 칭기스칸 같은 걸출한 영웅들을 꿈꿀 수도 없는 노릇이다.

우리가 주목해야 할 것은 두 번째 타입, 시대와 인물이 제대로 만나 영웅이 되는 경우다. 우리 주변에도 이런 사람들은 종종 발견된다. 마이크로소트프의 빌 게이츠나 애플컴퓨터의 스티브 잡스가 그렇고, V3백신을 만든 안철수 같은 경우도 그런 경우라고 볼 수 있다. 될성부른 인물이, 시대를 잘 만나 영웅으로 거듭난 경우다.

이런 타입의 영웅들에겐 공통점이 몇 가지 있다.

그 첫 번째는 때를 기다릴 줄 안다는 것이다. 그리고 두 번째는 끊임없이 노력하고 자기개발을 한다는 것이다. 그리고 세 번째는 자기 개인의 목표와 자신이 속한 공공의 이익을 일치시킬 줄 안다는 것이다.

영웅은 처음부터 영웅의 운명으로 태어나거나, 하루아침에 영웅으로 만들어진 것이 아니다.

세상 모든 영웅들은 잘 준비되었을 때 영웅을 필요로 하는 시기를 만난 것이다.

내 생각으로는 아마, 충무공 이순신도 두 번째 타입이었을 것이다. 잘 준비되어 있는 그의 앞에 임진왜란이라는 동아시아의 위기가 찾아오지 않았더라면, 그는 어쩌면 덕 있는 장군이나 어진 정승판서 정도로 기억되고 말았을지도 모른다.

그러나 그는 철저한 준비와 '생즉사 사즉생!' 목숨을 건 임전무퇴의 정신으로 역사를 바꾸어놓았고, 마침내 반만년 한반도 역사에 누

구도 넘을 수 없는 영웅으로 거듭났다.

　나도 어릴 때부터 이순신 장군에 관한 동화를 읽고, 그가 남긴 『난
중일기』를 읽으며 이순신과 같은 영웅을 꿈꾸었다. 어린아이라면,
또는 아직도 심장이 펄펄 끓는 청년이라면 누구나 한번쯤은 이순신
과 같은 영웅을 꿈꾸어보지 않은 이가 없으리라.

　그러나 나는 이순신의 성공과 그 위대한 후일담에만 도취했을 뿐,
이순신을 만들어낸 그 과정과 이순신이 겪어야 했던 고통의 순간들
은 미처 깨닫지 못했다.
　내가 뒤늦게 나의 어리석음과 나의 부족함을 깨닫게 된 것은 2010

년 지자체장 선거에 후보로 출마를 하면서부터였다.

나도 한번쯤은 역사 속의 이순신처럼, 또는 강태공처럼 멋있는 삶을 살아보고 싶었다. 그래서 세상에 나가 내가 꿈꾸고 있는 것들을 한번 펼쳐보고 싶었다.

하지만 선거에서 떨어지고 나서야 비로소 나의 단점, 나의 부족함들이 내 눈에도 보이기 시작했다.

선거를 통해 나 자신의 한계를 발견했다. 나는 조급했었다. 내게는 인내심이 없었다. 나는 제대로 준비되지 못한 채 세상에 뛰어들었다. 나의 실패는 준비부족에서 비롯된 것이었다.

선거를 치르기 전, 나는 낚시를 잘 하지 못했다. 성격 탓이다.

낚시를 하더라도 10분 안에 물고기가 물지 않으면 나는 낚시를 접어버리곤 했다. 내 인내심이 부족했고, 내 인성의 수련이 덜된 탓이었다.

오랜 시간 동안 물고기가 물지 않으면 얼마나 지루하고 짜증스러운가. 누구나 다들 한두 번쯤은 경험했을 것이다. 나는 이걸 참아내지 못했다.

낚시를 할 때 물고기가 물지 않는 이유는 둘 중 하나다.

첫째는 거기가 포인트가 아니거나, 둘째는 지금은 물고기가 입질

할 타이밍이 아니거나.

물고기가 없는 곳에 낚시대를 드리워놓고 백날 기다려봐야 물고기가 물지를 않는다. 물고기가 산란을 하거나, 먹이활동을 하거나, 물길을 따라 움직이거나 등등 물고기가 입질을 할만한 때가 아닌 엉뚱한 타이밍에 낚시를 해봐야 아까운 시간만 낭비한다.

포인트도 아니고 타이밍도 아닌 때 백날 낚시를 해봐야 세월을 낚기는커녕, 아까운 미끼만 낭비하기 마련이다.

선거에서 떨어지고 나서 쓰라리고 공허한 마음을 달래기 위해 낚시를 다니면서 나는 이것을 배웠다.

자주는 아니지만 요즘도 가끔 낚시를 다니곤 한다. 그런데 예전과는 달리, 요즘은 그래도 꽤 입질이 괜찮은 편이다.

이제는 포인트도 알고 타이밍도 웬만큼 알기 때문이다.

게다가 전과는 달리, 이제 내게는 인내심도 꽤 생겼다. 낚시 자체를 즐기다보니 즐겁게 기다리는 법을 배우게 되었다. 그리고 물고기가 안 잡힌다고 금방 낚시대를 접는 것이 아니라, 내게 무엇이 잘못되었는지도 살펴보게 되었다.

포인트와 타이밍은 기본이고, 밑밥은 제대로 사용했는지, 혹시라도 물고기들이 놀라도록 소리라도 크게 내지 않았는지, 찌와 추는 제대로 썼는지, 낚시 바늘 호수는 적절한지, 조류의 방향은 맞는지, 물의 온도는 적절한지… 예전보다 더 많은 것에 신경 쓰고, 더 많은 것을 준비하다보니 물고기들도 저절로 더 많이 잡게 되었다.

요즘 같은 기분이라면 나도 잘하면 강태공처럼 세월도 낚을 수 있을지 모르겠다는 근거 없는 자신감까지도 생기기도 한다. 물론, 농담이다.

나는 카이사르가 아니다. 물론 나는 이순신도 강태공도 아니다.
따라서 나는 역사를 바꾸거나, 세상을 구할 능력도 자신도 없다.

하지만 비록 내가 영웅이 아니라 나라를 구하거나 세상을 바꾸지는 못하더라도, 내 가족 내 이웃, 그리고 내가 살아가는 지역 공동체는 바꿀 수 있는 힘이 있지 않을까?
사업실패로 인해 엄청난 빚더미에 올라앉았다가 이제는 그 빚들도 다 정리하고, 재기하여 나름대로 작은 성공이라도 이루었다면, 나처럼 다른 사람들도 실패하지 않도록, 재기할 수 있도록 조그마한 도움이라도 줄 수 있지는 않을까?
내가 어려울 때 수많은 분들이 나를 도왔듯이, 나도 이젠 나처럼 어려운 분들을 도울 때가 되지는 않았을까?

아직은 답을 찾지 못했지만, 오늘 나는 낚시를 하며 곰곰이 해답을 구해보련다.

세월을 낚지 못하고 물고기만 낚은들 어떠리.

강태공으로부터는 때를 기다리는 여유로운 마음을, 충무공으로부터는 때를 준비하며 철저하게 준비하는 자세를 배웠으니….

오늘 나는 세월 속으로 낚시대를 드리워 본다.

섬진강 은어

농민의 아픔은 농민이 안다

　나는 농민의 아들로 태어나 7대째 농사를 지으면서 일찍이 어린 시절에 가난함을 몸소 겪었다. 굳이 험한 삶을 택하지 않아도 되었지만, 나는 편안한 삶보다는 농사꾼의 삶을 선택하였다.

　그만큼 나에게는 농민의 삶이 뼛속까지 파고 들어와 있다. 농촌의 삶과 농촌의 생활을 몸소 경험하였기에 누구보다도 농민의 뜻을 잘 알고 있다고 자부한다.

　사실 나에게는 내세울만한 이력이 없다. 남들처럼 출세에 이끌려 산 삶이 아니기 때문이다. 그렇기 때문에 오히려, 어떠한 권력과 자리를 쫓아가는 삶이 아니라, 농민의 참 뜻을 대변할 수 있는 자격이 있지 않나 생각한다.

　다들 농사가 힘들어 고향을 버리고 떠났지만 나는 대도시에서 직장생활을 하다가 오히려 고향을 찾아 다시 하동으로 돌아왔다. 나는 지긋지긋한 가난 때문에 공부조차 제대로 못했다. 부모님 농사일을 돕다가 시간이 나면 그때서야 책이라도 한줄 읽을 수 있었다.

　그 시절, 부잣집 아들이 아니면 대우를 제대로 받지 못하던 시대에 성장하면서 고난의 세월들을 몸소 체험했기에 작은 행복이 가져다준 기쁨을 누구보다 더 크게 느낄 수 있는지도 모른다.

나는 농촌 생활을 맨몸으로 경험하고 체험했기에 누구보다도 농민의 상처를 너무나 잘 알고 있다고 자부한다. 그렇기 때문에 농사꾼으로 농사에 승부를 걸었다. 그래서 같은 농민들에게 조그마한 희망의 빛이라도 되기 위해 오늘도 나는 고향을 지키며 험난한 길을 스스로 택해 살아가고 있는지도 모르겠다.

농사지으며 산다는 게 쉬운 일은 아니다. 요즘 귀촌 귀농이 붐이라 농촌 생활에 대한 환상들을 가지고 농촌을 찾지만 귀촌인 중 절반 이상이 다시 농촌을 떠나고 있는 현실은 농촌 생활이 녹록치 않다는 것을 반증한다.

다들 좀 배웠다 싶으면 고향을 버리고, 좀 살만하다 싶으면 고향을 떠났다. 그렇게 고향을 떠나 권력을 쫓고 양지만을 쫓아 해바라기 인생을 살면서 고향 한번 제대로 찾아오지 않던 사람들, 농민들이 하루하루 슬픔의 늪에서 헤어 나오지 못하고 있을 때 위로나 격려 한번 해주지 않던 사람들이 선거 때만 되면 고향을 위하는 척 찾아오는 것이 나는 정말 역겹다.

권력과 돈에 눈이 멀고 노예가 되어, 불나방 같이 양지의 꽃을 찾아, 여기저기 어슬렁거리는 하이에나가 되어 타지에서 떠돌다가 하루아침에 고향에서 벼슬 한번 해보겠다고 정치판을 기웃거리는 사람들을 볼 때 너무나 안타깝고 그들의 영혼이 불쌍해 보인다.

나는 농민들이 괴롭고 슬퍼할 때, 한평생을 눈물로 지새운 농민의 생존권을 위해 싸워왔다. 전국농민대회에 참여하여, 농민의 권익을 위해 싸우느라 내가 물대포를 맞고 한겨울 매서운 추위에 떨고 있을 때, 농민들의 의로운 투쟁을 탄압하고 짓밟았던 사람들을 나는 기억한다.

농민들이 매 맞고 눈물 흘릴 때 손 놓고 뒷짐 지며 바라보거나, 종북이니 좌빨이니 하는 빨간 딱지를 붙이던 사람들이 이제 와서 농민을 위해 일한다? 정말 웃기지 않는가.

그들 눈에는 농민들이 흘리는 피눈물이 보이지 않는 것인가? 생존을 위해, 살려달라고 호소하는 그 호소가 들리지 않는가? 그들은 깊이 반성해야 한다.

농촌과 고향을 버린 사람들, 본인의 욕심이나 채우며 세상부귀영화 온갖 호화호식 다 누린 자들이, 권력과 돈에 눈이 멀어 평생을 살아온 사람들이 어찌 농민의 아픔을 알겠는가.

농민들이 정말 필요로 하는 사람들은 농민의 아픔을 아는 사람이다.

같이 농촌 문제를 해결하기 위해 머리 맞대고 고민하는 사람이다.

함께 어깨동무하며 함께 싸워주는 사람이다.

함께 싸워줄 용기가 없으면 함께 아파하며 함께 울어주거나, 그 옆

으름열매

에서 "화이팅!" 응원이라도 해주는 사람이다.

선거 때만 허리 숙이고 악수하고, 선거가 끝나면 높은 의자 위에 앉아서 농민은 만나주지도 않는 사람은 더 이상 필요 없다.

나는 농부의 아들이다. 무엇보다 나 자신이 농부다.

농부인 내게는 농사를 통해 어떻게든 살아보려고 애쓰다 실패하고 좌절하여 죽음의 문턱까지 갔던 젊은 날의 아픔이 있다. 그렇기에 누구보다도 농민의 아픔을 잘 알고 있다. 어려움을 겪어보지 않고 살아온 사람들이 어떻게 농민의 아픔을 알겠는가.

나는 가진 것도 많지 않고 살림살이도 넉넉하지 않다. 배운 것도 그리 많지 않다.

그러나 농민을 안다. 그리고 나는 누구보다도 하동을 잘 안다.

나는 하동에서 나고 자랐다. 그리고 하동에서 살면서 농사도 짓고, 농촌을 위한 조그마한 사업도 하고 있다.

하동에서 나고 자라고 살아오면서 농사도 짓고 사업도 하고, 실패도 하고 성공도 했던 나의 경험들이 내 고향 하동의 농어민들을 위해 조금이라도 도움이 되었으면 좋겠다.

하동의 농어민들을 위해 불살라지는 작은 불쏘시개가 되어도 좋고, 하동의 발전을 위한 고속화도로를 놓는 데 그 기초공사에 깔리는 주먹돌이 되어도 좋다.

　내가 빚 때문에 고생하고 피눈물을 흘리고 있을 때, 내 지인들이 십시일반 모은 귀한 돈을 손에 쥐어주면서 "이 빚은 우리에게 갚으려 하지 말고, 나중에 잘 되고 성공하면 우리가 아니라 다른 어려운 사람들을 위해 갚으라"고 했던 것을 나는 아직도 가슴에 새기고 있다.

　이제는 내가 받은 사랑의 빚을 내 고향을 위해 갚으려 한다. 나의 이런 간절한 소망이, 예전의 나처럼 어려운 처지에 빠져, 이제는 가진 것이라곤 눈물밖에 없고, 기도 외에는 호소할 방법이 없는 많은 사람들을 위해 쓰이는 마중물이 될 수 있다면 나는 더 이상 바랄 게 없다.

지금은 섬기는 일꾼이 필요한 시대

중앙정부에서 임명해오던 광역 자치단체장이나 기초단체장을 주민들이 투표를 통해 직접 뽑은 것이 벌써 세 번이나 되었다. 2014년에 6월의 지자체장 선거까지 포함한다면 벌써 네 번째로 지자체장을 주민 직선으로 뽑아오고 있다.

덕분에 많은 부분들이 개선되었다. 이제는 지자체장들이 중앙정부의 눈치를 보는 것이 아니라, 보다 더 지역 현안을 중심으로, 지역주민들의 뜻을 우선으로 하는 등 지방자치의 무게 중심이 중앙에서 지방으로 옮겨오게 된 것은 분명한 사실이다.

하지만 이제 4기를 맞이하는 지방자치를 바라보면, 여전히 아쉬운 점도 많다. 그 중 가장 큰 문제는 지자체에서 지자체장을 맡는 사람들이 대부분 행정관료 출신이라는 것이다.

그 사람의 사람됨이나 비전을 먼저보기보다는 대부분 그 사람의 경력이나 출신 학교 등을 먼저 따지다보니 많은 지자체에서 지자체장으로 선출되는 당선자들은 행정관료들이 대부분을 차지하곤 한다.

내가 살고 있는 하동군의 경우도 마찬가지다. 지방자치 이후, 역대 하동군수는 모두 행정관료 출신이었다.

관료적 습성이 몸에 배어 있는 행정관료 출신들은 행정, 기술적 측면에서는 무리 없이 군정을 이끌어 왔다는 평가를 받을지 몰라도 진정으로 군민들이 무엇을 원하는지, 군민들에게 꼭 필요한 것을 우선 순위에 두었는지를 묻는다면 나는 전혀 아니라고 대답하고 싶다.

가장 단적인 사례로, 지방자치를 실시한 이후 거의 전국 모든 지자체들에서 저마다 경쟁이나 하듯 초호화판 청사 짓기에 제일 먼저 열을 올렸다는 것을 꼽을 수 있다.

심지어는 이로 인해 경기도 성남시나, 일부 지자체에서는 청사 건축비를 감당하지 못해 모라토리움 직전까지 내몰리기도 했다. 초호화판 청사 건축은 전시행정의 가장 대표적이고 극단적인 사례이다.

왜 이런 말도 안 되는 황당한 일들이 전국 지자체에서 벌어지고 있는 것일까? 나는 그 문제의 중심에 행정관료 출신들이 있기 때문이라고 생각한다. 눈에 보이지 않는 인적 인프라나 시스템을 개선하는 일보다는, 당장 눈에 보이는 청사 건축, 도로 건설 등 전시행정에 우선한 필연적인 결과라는 판단이다.

그러면 어떻게 해야 하나? 대안은 무엇인가?

이러한 전시행정이나 관료행정을 벗어나기 위해서 나는 다음과 같은 세 가지 리더십이 필요하다고 생각한다.

첫째, 관료형 리더십보다는 변화와 개혁의 리더십이 필요하다.

둘째, 군림하는 리더십보다는 섬기는 리더십이 필요하다.

셋째, 과거의 경력을 자랑하는 과거형 리더십보다는 미래의 비전을 제시하는 미래형 리더십이 필요하다.

첫째, 관료형 리더십보다는 변화와 개혁의 리더십이 필요하다.

진정한 지방자치 구현을 위해서는 관료형의 행정가보다는 군민 속에서 군민의 아픔과 어려움을 함께 겪고 나누며 실천하는 개혁가가 필요하다.

내 고향 하동의 경우만 보더라도 지금 우리에게 필요한 것은 행정관료 출신의 관리형 군수가 아니라, 변화와 개혁을 두려워하지 않고 지역의 군민정서를 누구보다도 잘 알고 군민의 한과 눈물을 함께 흘리고 괴로워하며 고민하고, 군민의 아픔을 대변할 수 있는 군수가 필요하다.

지금 우리에게 필요한 것은 탁상행정이 아니라, 몸과 행동으로 실천하며 마음과 정성을 다해 군민을 위해 뛸 수 있는 인격과 인성, 품성을 갖춘 리더십이다.

나는 변화와 개혁의 대표적인 리더십으로 박원순 서울시장을 꼽고 싶다. 박원순 서울시장은 서울시장에 당선된 후, 서울시청의 비정규직 직원들을 정규직으로 전환했고, 전임시장인 이명박 오세훈 시장이 남겨놓은 천문학적인 액수의 서울시 부채들을 차근차근 갚고 줄여나가고 있다.

또한 〈아름다운 가게〉와 〈희망제작소〉 등을 통해 보여주었던 시민운동가로서의 개혁적인 발상들을 서울시정에 접목하여, 서울시를 전혀 새롭게 변화시켜가고 있는 중이다.

둘째, 군림하는 리더십보다는 섬기는 리더십이 필요하다.

아무리 뛰어난 경력을 지녔고, 박사학위도 갖고 뛰어난 지식이 있으면 무슨 소용인가. 지금 지방 자치의 현장에서 필요한 것은 경력과 학력 자랑이 아니다. 그보다는 자만하거나 교만하지 않으며, 지역 주민 위에 군림하는 지자체장이 아니라, 묵묵히 군민을 섬기며 성실하게 군민을 위해 일할 수 있는 지자체장이 필요한 것이다.

지금 현장에서 필요한 것은 "내가 해봐서 아는데…"라고 하는 일방통행형 리더십이 아니라, 군민의 이야기에 귀 기울이고, 쌍방향 소통이 가능한 리더십이다.

지역 주민의 진정한 의사가 지자체의 행정에 반영되고, 지역민의 소득향상을 위한 사업들을 과감히 발굴해 행정에 접목함으로써 지역 주민의 뜻을 잘 받들어 심부름 잘하고 일 잘하는 일꾼이 필요하다

셋째, 과거의 경력을 자랑하는 과거형 리더십보다는 미래의 비전

을 제시하는 미래형 리더십이 필요하다.

지도자에게는 미래를 내다볼 줄 아는 능력이 필요하다. 그래서 혼자서 너무 앞서 가지도 않으면서 반 발짝 정도 앞서 가면서, 가야 할 방향을 분명히 제시하는 그런 미래지향적인 리더십이 필요하다.

예를 들자면, 산과 바다와 강을 모두 접하고 있는 우리 하동의 경우, 어떻게 해서 강과 바다를 살릴 것인지, 어떻게 해서 하동이 가지고 있는 천혜의 자연조건인 들과 산을 살릴 것인지를 제시할 줄 아는 비전이 필요하다. 대한민국에서 보기 드물게, 강과 바다가 모두 접하고, 산과 들이 어우러진 하동이 가진 천혜의 자원을 활용할 수 있는 지혜가 필요하다.

내 고향 하동의 경우, 지리산, 청학동, 녹차, 솔잎한우, 화개장터, 『토지』, 섬진강, 재첩, 노량바다, 이순신 등 지역을 대표하는 몇 가지 아이콘과 세계에 자랑할 만한 브랜드들이 있다. 이것들을 어떻게 대한민국 전역에 알릴지, 어떻게 세계시장에 내놓을지 진지한 고민과 체계적인 대책이 필요하다.

진정한 리더는 과거의 역사와 전통을 우려먹는 데서 그치는 것이 아니라, 어떻게 미래를 향해 나아갈지 미래에 대한 비전을 제시하고, 현재와 미래를 먹여 살릴 수 있는 미래의 성장동력을 발견하는 것이 필요하다.

　　나는 일찍이 전통방식으로 우려먹는 방식의 '마시는 녹차'라는 개념에서 벗어나, 국수나 냉면, 수제비 등으로 다양하게 변화시키고 발전시켜서 녹차를 더 이상 마시는 녹차에 그치는 것이 아니라 '먹는 녹차'로 개념을 전환시키는 시도를 하여, 시장에서 나름대로 성공적인 결과를 가져온 바 있다.

　　내 고향 하동, 그리고 나아가 여러 지자체들에 필요한 것은 이런 '발상의 전환'이 아닌가 싶다. 지금까지 해온 것이니까 지금 그대로 머물러 안주하는 것이 아니라, 좀더 다르게 변화시킬 수는 없을까, 좀더 다르게 발전시킬 수는 없을까 하는 끊임없는 고민이 필요하다.

내 고향 하동에 이러한 변화와 개혁의 리더십, 섬기는 리더십, 그리고 미래 비전을 제시하고 성장동력을 이끌어 낼 수 있는 미래지향의 리더십이 나타나기를 학수고대한다.

노인문제 해결 없이 미래는 없다

생활수준 향상과 보건의료 발달로 우리나라 65세 이상 인구는 꾸준히 상승하고 있다. 우리나라도 노령화사회에 들어선 지 이미 오래다.

과연 수명의 연장이 축복이기만 한 것일까?

불행하게도 우리나라의 노인들에게 장수는 축복이 아니라 형벌에 가깝다. 실제로 내 주변에서도 "죽을 수만 있다면 지금이라도 눈을 감고 싶다"는 노인들을 한두 번 만나본 게 아니다.

예전에는 장수하는 것이야말로 모든 사람들의 소망이었다. 그래서 2013년 현재, 실제로 우리나라의 평균수명은 남녀 평균으로는 81.4세, 남자 77.9세, 여자 84.6세로 세계 3위에 이를 정도로 대한민국은 장수국가가 되었다.

그런데 무엇이 문제인가?

문제의 원인은, 이미 오래 전부터 고령화 사회와 저출산 문제가 예견되었음에도 불구하고, 이를 해결할 근본적인 제도와 시스템을 마련하지 않았다는 것이다.

65세 이상 노령인구가 급격하게 늘어나고 이와 반비례하여 출산율이 저하되면서, 젊은 노동인구가 줄어드는 것이 예견되었다면 이는 국가가 나서서 대책을 세웠어야 한다.

　나는 농부다. 농부로서 농촌에 살고 있기 때문에, 무엇을 심든지 그 열매는 농부가 뿌린 씨앗대로 난다는 평범한 진리를 누구보다 잘 알고 있다. 심지도 않은 곳에서 열매를 기대하거나, 콩을 심어놓고 팥을 기대하는 것은 말도 안 되는 어불성설이란 것은 나 같은 농부나, 심지어 초등학생도 아는 일이다.

　그런데 정부나 국가가 노령화 문제에 대처하는 모습을 보면, 마치 아무 것도 씨 뿌리지 않은 밭에서 곡식이 익기를 바라는 것처럼 보인다.

　무엇을 심든지 그 심은 것으로부터 결실을 맺게 마련이다. 노인문제 역시 이미 늦기는 했지만 지금부터라도 이 문제를 해결하지 않고는 우리 모두의 미래는 암흑일 수밖에 없다.

　이미 파국의 징조는 보이기 시작하고 있다.

　도시로 나가보면, 수많은 노인들이 일자리가 없어서 쥐꼬리 같은 기초수급자 수당을 쪼개 겨우 입에 풀칠만 하거나, 늙고 병든 몸을 이끌고 파지를 주우러 다니는 모습을 쉽게 찾아볼 수 있다. 몸이 아파도 병원비가 없어서 병원에 못 가는 노인들이 늘고 있다. 아무도 돌봐주는 사람이 없어서 홀로 죽음을 맞이하는 고독사가 늘고 있다.

칠불사 동국제일선원 앞

그런데 사실은 도시보다는 농촌일수록 노령화문제가 더 심각하다.

내가 사는 주변 마을들을 돌아봐도 마을 주민의 대부분은 60대에서 80대 노인들이다. 노인 부부, 또는 배우자를 잃고 홀로 사는 노인들이 농촌을 지키고 있다.

농촌이 도시보다 노인문제가 더 심각한 이유는 농촌은 도시보다 삶의 질이 더 떨어지기 때문이다. 농촌은 도시보다 의료 환경이 열악하다. 가까운 곳에서 병원 찾기가 쉽지 않다. 교통, 통신, 주거… 모든 면에서 농촌은 도시보다 더 노인들에게 열악한 환경이다.

그나마 도시보다 낫다면 더 나은 자연환경과 공기, 그리고 도시와는 달리 몸을 움직여 노동할 수 있는 소일거리가 더 있다는 정도뿐이다.

노령화문제, 노인문제는 더 늦기 전에 반드시 해결해야 될 시급한 문제다. 노인문제 중 가장 먼저 해결해야 할 문제는 복지문제다.

대한민국 국민은 누구나 아름답게 늙어갈 권리가 있다. 그런데 평균 수명은 늘었는데, 나이가 들었다고 일할 일자리가 없다. 일자리가 없으니 특별한 수입이 없다. 그러면 이런 때는 국가가 나서서 국민연금, 기초생활수급자 수당, 노인수당, 기초연금 등 다양한 방법을 통해 노인문제를 제도적으로 뒷받침하고 해결해주어야 한다.

그런데 이명박 정권과 박근혜 정권은 노인층의 지지를 받아 당선된 정권인데도 정작 노인복지문제는 외면하고 있으니 실망을 넘어 분노를 느끼지 않을 수 없다. 노인들에게는 표만 받으면 그만이란 말인가? 화장실 들어갈 때와 나올 때는 원래 달라지는 것이니 아무 것도 기대하지 말라는 것인가?

나는 이 모든 문제는 정권의 의지 문제라고 본다.

박근혜 정부가 들어선 이후에, 이미 경제민주화니 반값 등록금이니 무상보육이니 하던 대부분의 대선공약은 폐기시켰지만, 나는 다른 것은 몰라도 노인복지문제만큼은 해결해주기를 내심 기대했다. 대통령 선거 기간 동안 귀가 따갑도록 들었던 것이 노인기초수당은 20만원씩 주겠다는 공약이었기 때문에, 이 문제만큼은 실천할 의지가 있을 것으로 기대했다. 그런데 수많은 수정과 후퇴를 거듭한 끝에 내놓은 방안은 용두사미로 끝나고 말았다. 노인들에게 실질적인 도움을 줄 수 있는 방안이 아니라 그냥 생색내는 정도로 끝나고 말았다.

박근혜 정부에 부탁한다. 다른 문제는 몰라도 노인복지 문제만큼은 분명하게 해결해주기를 바란다. '공약을 실천하려면 증세를 해야 되니 안 된다' 이런 논리로 변명하지 말라. 대선 공약을 내세울 때는 이런 문제를 모르고 공약한 것인가.

내가 보기엔, 이것은 전적으로 정권의 의지 문제다.

예를 들어, 이명박 정권 때는 모든 국민이 나서서 대운하사업을 반대했다. 심지어는 조중동 같은 보수언론조차도 "대선공약에 얽매이지 말고 대운하사업 같은 공약은 과감히 폐기하라"고 사설을 통해 충고했지만, 결과는 어떠했나? 대운하사업을 〈4대강사업〉이라고 말만 바꿔서 결국은 임기 중에 완공을 밀어붙이지 않았던가? 4대강사업이라고 말만 바꾼 대운하사업에 공식적으로 투입된 예산만 22조원이었다.

이 돈은 하늘에서 그냥 뚝 떨어진 공돈이었던가? 아니면 한국은행에서 4대강사업용으로 그냥 종이에다 잉크만 찍어서 22조원을 찍어서 투자한 것인가?

아니다. 그 모두가 국민의 피 같은 혈세였다.

온 국민이 하지 말라고 하지 말라고 말려도 대통령이 밀어붙이니 결국은 22조원이라는 천문학적인 예산이 나왔고, 그 어마어마한 예산을 4대강 살리기라는 이름으로 그 아름답던 4대강을 죽이는 데 다 투입되지 않았던가.

다시 말하지만, 이것은 예산의 문제가 아니라 의지의 문제다.

해결할 의지만 있으면, 증세를 통해서든, 예산감축을 통해서든, 아니면 법 개정과 시스템을 통해서든 얼마든지 해결할 수 있는 문제다.

그러니 적당히 핑계대고 넘어가면 안 된다. '내가 당선만 되면 공

우리집 장독

약이란 지켜도 그만 안 지켜도 그만. 공약이란 적당히 수정하고 고치면서 하는 척만 하면 된다' 는 생각과 철학을 과감하게 벗어야 한다. 내가 실천하지 못할 것이라면 국민과의 약속을 함부로 해서는 안 되고, 국민과 약속한 것은 반드시 지켜야 한다.

대한민국의 국민이면 누구나 행복할 권리가 있다.

그런데 요즘 우리 사회를 보면 젊은이도 노인들도, 누구도 행복하지 못한 것 같다. 젊은이들은 일자리가 없어서 태반이 백수로 지내거나, 시간제 알바나 비정규직 같은 질 낮은 일자리라도 감사하며 감지덕지 다녀야 한다. 그나마 노인들에겐 그런 일자리조차도 꿈같은 일이다.

번듯한 직장이 있는 직장인들이나 자영업자도 대출받은 이자도 제대로 못 갚아 허덕이며, 빚을 내어 빚을 갚는 악순환 속에 빠져 있다. 학부모들은 자녀들 사교육비에 허리가 휜다.

도대체 지금 이 시점의 대한민국에서 행복한 사람들은 누구인가? 지금 대한민국에서 행복한 사람은 돈 있는 사람, 힘 있는 사람뿐이다. '있는 사람만 행복한 사회' 이게 박근혜 정부가 이야기하는 창조경제라는 것인가? 나는 지금도 이해가 안 간다.

대한민국은 오래 전 우리 조상들이 꿈꾸어 왔던대로, 우리 부모님들이 땀 흘려 일한 대가로 세계 3위에 빛나는 장수국가가 되었다. 그러나 그 이면에는 젊은 노동인구보다 이 노동인구가 부양해야 할 노령인구가 점점 더 많아지는 노령화 사회로 들어서는 어두운 그림자가 드리워지고 있다. 빛이 있으면 그림자가 있는 법이다.

이제 국가적 사안이 된 노령화문제의 해결을 미뤄서는 안 된다. 우리 조상님들이 오랫동안 꿈꾸고, 우리 부모님 세대가 피를 흘리고 땀을 흘려서 만들어낸 대한민국은 '무병장수' 국가지 '유병장수' 국가가 아니다. 노인들에게 보다 나은 의료와 복지가 제공되어야 한다.

젊어서는 먹고 사느라, 이제 조금 먹고 살만하니 자식들 공부시키느라… 제대로 노후자금도 마련하지 못하고 노인이 되어버린 어르신들에게 "당신들 복지 문제는 당신들 자식들에게 해결해달라고 하라"는 식으로 책임을 자식들에게 전가시켜서는 안 된다.

노령화사회 문제는 더 이상 한 가족의 문제, 개인의 문제가 아니라 이제는 국가적 문제이다. 국가가 나서서 대책을 세워야 한다.

노인들에게는 선거 때 표만 받으면 그만이란 말인가? 최소한 노인들에게 압도적인 표를 받아 당선이 되었으면 표 값이라도 하라. 더 이상 어르신들의 눈에서 눈물 흘리게 하지 말라.

지금은 국가가 나서야 할 때다.

행복을 요리하는 행복요리사

인간은 누구나 행복을 꿈꾼다. 행복하고 싶지 않은 사람은 아무도 없다.

그러면 행복이란 무엇일까?

돈이 많다고 행복한 것일까? 명예를 얻었다고 행복한 것일까?

진정한 행복이란 무엇인지 아무리 많은 생각을 해봐도 참으로 답을 찾기가 어려운 것 같다.

아마도 가장 많은 사람들이 동의할 수 있는 행복은 '건강하게 오래 사는 것'이 아닐까 싶다. 그리고 사람에 따라서는, '사랑하는 사람과 함께 있는 것'이나 '자기가 하고 싶은 일을 할 수 있는 것'을 최고의 행복으로 여기는 사람들도 있다.

내가 생각하는 최고의 행복은 '자유롭게 사는 것'이 아닌가 싶다. 그래서 나는 행복 중에 최고의 행복은 '자유'라고 말하고 싶다.

새장 안에 갇힌 앵무새가 아무리 예뻐도, 아무리 호화스럽게 살아도, 아무리 맛있는 음식을 준다고 해도 창공을 자유롭게 나는 새보다는 행복하지 않을 것이다. 우리 인간 역시 자유롭게 살 때 진정한 행복을 느낀다고 나는 생각한다.

옛말에 "열흘 예쁜 꽃이 없고, 10년 가는 권력도 없다"고 했다. 꽃의 아름다움도 잠깐이요, 권력의 달콤함도 순간이다. 그런데도 권력을 쫓고자 권력을 위해 거짓과 모략을 일삼고, 권력에 눈이 멀어 자신의 양심과 자존심마저도 헌신짝처럼 던져 버리는 요즘 세태를 보면 참으로 불쌍한 사람들이란 생각이 들곤 한다.

한때는 최고의 미인이라 불렸으나 세월 앞에 시들어가는 자신의 미모 때문에 성형수술을 하고 또 하다가 성형중독에 걸려, 예전의 자연스러운 미모는 잃어버리고 성형괴물이 된 톱스타….

선거 때는 간이라도 내어줄 듯 유권자들을 쫓아다니고 악수하고 고개 숙이다가 당선만 되고 나면 높은 의자 위에 앉아 귀를 닫고 눈을 닫고 권력의 달콤한 독에 중독되어 버리는 정치인들….

참 행복을 모르는 불행한 사람들이다.

한때는 행복하다고 착각했을지 모르나 거짓 행복에서 진정한 만족을 느낄 수는 없는 법. 그러다보니 점점 거짓행복에 중독되어 자기 자신을 파멸로 이끌고 마는 것이다.

10년은커녕 5년도 가지 못할 좁쌀만한 권력을 가지고 칼처럼 몽둥이처럼 휘두르며 국민들을 편 가르고, 자신의 권력 앞에 줄 세우는 사람들…. 우리 역사는 이런 권력자들의 종말이 어떠했는지를 생생하게 증언하고 있다.

이렇게 사는 것이 진정 행복하게 사는 길일까?

자본 앞에 고개 숙이며 노예 같이 살아가는 게 행복한 일일까? 나 아닌 다른 사람은 어떻게 되든 말든 나 하나만 잘 살고 내 가족만 행복하면 그게 진정 행복한 삶일까?

권력 앞에 아부하며, 어떻게든 권력으로부터 떨어지는 콩고물이라도 주워서 남에게 으스댈만한 감투 한번 써보는 게 행복일까? 그래서 그 감투, 그 자리라도 지키기 위해서 양심을 속이고 자신도 속이고 남들도 속여가면서 나만 행복해하면 그게 진정한 행복일까?

진정한 행복은 나 자신의 마음이 자유로움을 느낄 때 비로소 찾아온다고 나는 생각한다.

돈의 노예, 권력의 노예, 명예의 노예에서 벗어날 때 비로소 진정한 행복은 찾아온다.

19세기 공리주의자들은 행복에 대해 "최대 다수의 최대 행복"(the greatest happiness of the greatest number)을 주창하였다. 이 말은 대표적인 공리주의자인 벤담이 그의 저서 『도덕 및 입법(立法)의 제원리(諸原理)』(1789)에서 공리주의 철학의 근본 원리로서 이론화하면서 유명해졌다.

벤담은 이 책에서 "개인생활의 목표는 행복이고, 따라서 개인의 기계적 총화(總和)인 사회에 있어 행복이란 최대 다수가 그것을 누릴 수 있는 것이"라고 하였다.

사회 구성원 개개인이 행복하고, 그 행복한 개인들이 모인 사회에서 사회 구성원의 최대 다수가 행복을 누리는 것이 바로 진정한 행복이라는 뜻이다.

그런데 우리 사회는 구성원 중의 최대 다수가 누리는 행복이 아니라, 최대 다수는 불행한데 선택받는 소수, 힘 있고 돈 있는 1%만 행복한 사회로 점점 더 변질되어 가는 것 같다.

나는 지난번에 선거를 치르면서, 남을 이용하고 유권자를 속이고 위장전술과 꼼수로 포장하면서 철저히 자신의 내면을 숨기는 전술과 전략으로 선거를 치르는 사람들을 많이 보았다. 이렇게 자신의 본심은 숨기고 허황된 말과 거짓 공약, 그리고 꼼수로 당선된 사람들이 진정으로 국민들이 원하는 행복을 추구할 리 없다.

그렇게 거짓과 위장술, 꼼수를 써서라도 당선부터 해야겠다는 사람들의 머릿속에는 절대 국민은 없다. 자신이 누릴 달콤한 권력의 유혹과, 그 권력을 통해 채울 사리사욕들만 가득할 뿐이다.

모든 정치인들이 다 그런 것은 아니겠지만 적어도 지난 선거를 통해 내가 느낀 많은 정치인들의 모습은 그렇게 보였다.

바람 불면 날아갈 한줌의 재만도 못한 게 우리의 인생이 아니던가.

그렇게 거짓과 굴종으로 얻은 권력이 무슨 의미가 있는가? 남을 속이고 다른 사람을 불행하게 해서 번 돈이 무슨 의미가 있는가? 힘으로 억눌러야 겨우 유지되는 권력, 남을 착취하고 속여야 겨우 벌 수 있는 돈이라면 그것은 진정한 행복과는 너무나 거리가 멀다.

차라리 창공을 자유롭게 나는 새들, 저 들에 핀 백합 한 송이가 이보다는 더 행복할 것이다.

진정한 삶의 행복이란 저마다의 '맛'을 지니고 있다고 나는 생각한다.

나는 지리산의 아침햇살과 구름과 바람, 그리고 산새들의 지저귀는 노래 속에서 자라난 녹차 잎을 딸 때가 가장 행복하다.

여리고 부드러운 그 싹들이 내 손을 거쳐, 덖고 말려서 차로 거듭나서, 한 모금의 녹차가 되어 향긋한 향기를 남기며 내 입과 코를 스쳐지나갈 때, 나는 위대한 자연이 한 모금의 차로 변해 내 혀와 내 코 끝에 잠시 머물다 가는 행복을 느낀다.

지리산 야생녹차는 제각각 다른 맛을 지니고 있다. 우전, 세작, 대작 등… 따는 시기에 따라 맛이 다르고, 덖는 사람의 손길과 정성에 따라서도 맛이 다르다. 녹차도 저마다의 맛이 따로 있듯이, 사람들의 행복에도 저마다의 맛이 따로 있다.

내가 만든 녹차가 저마다의 맛으로 사람들을 행복하게 하듯, 나는 사람들의 행복을 맛있게 요리하는 요리사가 되고 싶다. 사람들 속에 꿈꾸는 저마다의 행복의 맛을 찾아내어 한 사람 한 사람 원하는 대로 행복의 맛을 제대로 내줄 수 있는 행복 요리사가 되고 싶다. 그래서 더 많은 사람들이 더 많이 행복하도록, 모든 사람들이 저마다의 행복을 찾을 수 있도록 도와주고 싶다.

사람과 사람이 꽃이 되고 향기가 되어 서로가 서로를 빛나게 하고 행복하게 하는 그런 날이 하루 빨리 왔으면 좋겠다.

그 날을 기다리며 나는 오늘도 지리산 자락에서 사람 꽃 한 송이 피운다.